寝乱れ姿

めおと相談屋奮闘記

野口　卓

集英社文庫

目次

寝乱れ姿

めおと相談屋奮闘記

主な登場人物

信吾　黒船町で将棋会所「駒形」と「めおと相談屋」を営む
波乃　楽器商「春秋堂」の次女　信吾の妻
甚兵衛　向島の商家・豊島屋のご隠居　「駒形」の家主
常吉　「駒形」の小僧
権六　「マムシ」の異名を持つ岡っ引
天眼　瓦版書き
ハツ　「駒形」の客で天才的将棋少女
正右衛門　信吾の父　浅草東仲町の老舗料理屋「宮戸屋」主人
繁　信吾の母
正吾　信吾の弟
咲江　信吾の祖母

さかとら

一

南本所《みなみほんじょ》の元町《もとまち》は両国橋《りようごくばし》を渡った東側、向こう両国にある四区画からなる町だ。

元町のすぐ東側には回向院《えこういん》がある。明暦《めいれき》三（一六五七）年正月十八日、昼八ツ（二時）に本郷《ほんごう》五丁目裏、本妙寺《ほんみようじ》から出た火事は、二日後の四ツ（午前十時）ごろまでに江戸の大半を焼いた。

大名屋敷五百余、旗本屋敷七百七十余、神社仏閣三百五十余、町屋四百町、片町八百町を焼き尽くし、焼死者十万七千四十六人を数えたとのことだ。いわゆる明暦の大火で、その折に焼失した江戸城天守閣は再建されなかった。

両国橋が架けられる以前ということもあり、御公儀は本所の牛島新田《うしじましんでん》に夥《おびただ》しい身元不明の死骸を船で運ばせた。そして二町四方の地に塚を築き、宗派に関係なく埋葬して寺院を建てた。それが諸宗山無縁寺回向院である。

回向を手向《たむ》けに訪れる人が多いことで知られているが、境内では勧進相撲が興行され、大小さまざまな見世物がおこなわれていた。そのため元町には、参拝者や見物人を対象とした料理屋、飲み屋、土産物屋などが軒を並べている。

伝言箱への紙片で信吾《しんご》が呼び出されたのは、そんな元町の料理屋の一軒であった。

依頼主は四十歳前後と思われる、中肉中背でがっしりした体格の男である。剃《そ》り跡が青いほど髭《ひげ》が濃く、顎の先の中ほどが少し窪《くぼ》んでいる。全体としては整った顔と言っていいだろう。

信吾が挨拶すると男は言った。

「逆虎《ぎやつこ》と呼んでください」

相談したきことがありますのでと、場所と時刻を指定してきた紙片の最後に書かれていたのが、逆虎の二文字であった。信吾が首を傾《かし》げたので相手は説明した。

「大酒飲みとかひどい酔っ払い、泥酔者のことを虎と呼びますね」

「その逆と言うことは、ご酒をお召しにならない」

「そうじゃありません。弱いのに好きで、わずかな酒でもいい気分になれるので虎の逆、つまり逆虎ということです。弱虎《じやつこ》、弱い虎でもよかったのですが、それだと猫に笑われそうで」

遊び心があるのがわかり、信吾は男に好印象を持った。悪い男ではないようだ。借家のある黒船町《くろふねちよう》近辺の野良猫たち、千切れ耳、赤鼻、クロベエなどが聞いたら喜びそうな話である。

悩みがあっての相談だろうが、もしかするとそれほど深刻に悩んでいるのではないかもしれないという気がした。男にはどことなく余裕が感じられたからだ。

「そうしますと、友人とかお知りあいの方には、逆虎の渾名《あだな》で親しまれているのですね」

「いえその名に関しては、信吾さんしか知りません」

どういうことだろうと信吾は首を傾げた。

「名前、住まい、屋号と商売を伏せさせてもらおうと思うのですが、名前がないと相談できませんからね。信吾さんはてまえをなんと呼んでいいかわからないし、話しにくいでしょう。それで考えた仮の名が逆虎で、符牒《ふちょう》みたいなものだと考えてください」

「ああ、そういうことでしたらけっこうでございますよ。相談について必要なことだけわかれば十分ですので。多くの方がそうなさっていますしね」

「ほほう、なにも明かさぬ人が多いとは驚きです」

「お客さまの秘密は絶対に洩《も》らさないのが、相談屋が守らねばならない第一の義務です。そのことはわかっていただけても、困った問題、あるいは世間に知られたくない秘密を抱えてお見えの方がほとんどですので。ですからその辺りを承知の上で、相談に乗らせていただいております」

「それでよく仕事になりますね」

皮肉というよりは、いささか呆《あき》れたとの口振りであった。

ある程度は予想していたかもしれないが、さすがに意外だったのだろう。あるいは信吾がこれまでに相談に乗ったことのある客のだれかに聞いて、であれば自分もという気になったのかもしれなかった。

それとも依頼した本人ではなくて代理人だろうか。指定された場所に出向くと待っていたのは別人で、本人の待つ場所に連れて行かれたこともある。また代理人とある程度の遣《や》り取《と》りをしてから、後日、改めて本人に会うというややこしい手順を踏んだこともあった。

相談屋としては、どのような状況であろうと対応できるようにしておかねばならない。この仕事を始めたころの信吾は、相談に来るからには切羽詰まっているにちがいないと思っていた。ところがさまざまな相談者と接するうちに、かならずしもそうとはかぎらないとわかった。早急に解決しなければならない場合がほとんどだが、時間が掛かっても解決できればいいという悩みごともある。

またこんなこともあった。屋号も名前も名乗った老舗商家のご隠居から、名の知られた料理屋でご馳走《ちそう》になり、かなりの額の相談料を前払いされたのだ。

相手が何者かわかっている。内容を告げられもしないのに、多額の相談料を先払いされた。相談屋を始めたばかりだったので、手探りで進めている段階だ。と心が圧迫される三拍子がそろったので、信吾としては緊張せざるを得ない。

ところがご隠居は終始笑顔のまま、なかなか本題に入ろうとしなかった。

飲み食いを楽しみながら、なぜ二十歳という若さで相談屋を始めようと思ったのか、とまずそれを訊《き》いてきた。となると三歳時の大病と、それから生還できたのは世のため人のためにすべきことがあると感じたからだという、これまでに何度も話したことを繰り返すことになる。

仕事を持ちながら副業的に相談に乗って謝礼を受け取っている者はいたかもしれないが、江戸で生業《なりわい》として相談屋の看板を掲げたのは信吾が初めてのはずだ。それで成り立つとの見通しはあったのかと、ご隠居は訊いた。経験のない若造ゆえやっていけるとは思えないので、活計《たずき》のため将棋会所を併設したことを説明する。

さらに、相談に見えた人の悩みに対し真剣に取り組んで十回に一回でも解決できれば、少しずつではあっても相談に来る人は増えるだろうと思っていること。五年先、十年先、さらにはもっと先を見て地道に続けるつもりだと、これも両親を説得したときに言ったことを繰り返した。

ご隠居は信吾が家族や社会のことをどう考えているかについて、かなり熱心に訊《たず》ねた。さらに、両親や大女将《おおおかみ》である祖母をいかに説得したのか。弟が家業を継ぐことになっているそうだが、反対はしなかったのか。その場合にはいかに言い含めたのかなどを、根掘り葉掘り訊いたのである。

相談であればどんなことでも受けるのか。受けぬとすればいかなる相談かとも訊かれたので、信吾は三つありますと答えた。

まず金の融通はしないことにしている。困った人の相談には乗るが、金を与えたり貸したりはしない。なぜなら提供できるのは考え方だからである。第一、そんな金もない。

次に素行調査はおこなわない。妻、夫、恋人、愛人、息子、娘などの素行、特に浮気調べについては、それぞれの事情があるので、どちらか、ときには双方を苦しめることになる、相談屋の仕事は困りごとや悩みの解消なので、目的とは外れるからだ。

そして人を不幸にすると思われる相談には応じない。その人の悩みを解決することで、べつの人が不幸になったり窮地に立たされたりすることになる相談はお断りで、途中でわかった場合はその時点で打ち切る。

また相談客やその悩みに関してもあれこれと知りたがったが、それについては曖昧にせず、一切答えられないと信吾は突《つ》っ撥《ぱ》ねた。ご隠居は不快な顔をするどころか、すっかり感心したようであった。

「それにしても楽しい話を聞かせていただきました。堪能《たんのう》できましたよ、信吾さん」

ご隠居がそう言ったのは、一刻（約二時間）近く経《た》ってからである。

「それはよかったです。では相談事を承りましょうか」

信吾がそう言うと、ご隠居はキョトンとしている。

「相談にお見えになられたのでしょう」

「お蔭《かげ》さまで、知りたいことはすっかりお聞きできました。驚かされ、また感心いたしましたよ。今どき、信吾さんのような若い方がいることがわかり、てまえはいろんな人に自慢できます」

「すると」と、信吾は相談料として渡された包みを返そうとした。「これはお返ししなければならないですね」

「それはなりません」

「ですが、わたしはご馳走になりながら、訊かれたことにお答えしただけですよ。相談されていないのに、相談料をいただく訳には」

「信吾さん、そう四角四面にならないでください。てまえにすれば相談に乗ってもらったのとおなじことですから、お礼をお支払いするのは当然なのです」

押し問答になったが、結局、信吾としては受け取らない訳にはいかなかったのである。

それ以後もさまざまな人が、相談、あるいは相談と称して接してきた。今では信吾も相談屋を始めたころよりは、かなり幅を拡《ひろ》げて客たちに対応している。

逆虎と名乗った男は、やや風変わりな部類に属しているようだ。まだ相談事について聞いてはいないが、それまでの流れや言葉、表情の端々にそれが感じられたのである。

その逆虎が懐に手を入れて紙の包みを取り出し、信吾の膝まえに置いた。

「少ないかもしれませんが、手付金としてお受け取りを」

浅草の黒船町から向こう両国の元町までご足労願った、足代のつもりで収めてくださいと言う。相談料に関しては、話を聞いてから決めていただければよろしいとのことであった。

であればと信吾は受け取った。紙包みを拝むように額のまえに持ちあげて懐に収めたからには、なんとしても相手の期待に副《そ》わなくてはならないのである。受け取ったのは、その覚悟を示すための意味もあった。

「念のため、たしかめていただけますか」

言われて紙包みを開くと、小判で三枚あった。相談の内容にもよるので、この手付金が多いか少ないかについてはなんとも言えないが、相手が言葉どおり足代と考えているなら、いくらなんでも多すぎる。

これまでの遣り取りからすれば、逆虎は状況を見ながら判断できるまともな人物のようだ。悩み解決のためにわからないことがあれば、よほどのことでなければ答えてもらえそうで、その点に関して信吾はいくらか気が楽になった。

なぜなら必要最小限どころか、それがわからなければ解決の道が見えないのに、微妙な部分になると明かしたがらない人が多かったからである。

「余計なことかもしれませんが、読みはギャッコよりギャクトラ、いやサカトラのほうが意味も通じやすいですし、収まりが良いという気がしますが」

信吾に言われた逆虎は、口の中で「ギャッコ、ギャクトラ、サカトラ」と何度か繰り返した。

「なるほど、おっしゃるとおりですね。ではこれからは、サカトラと呼んでいただきましょう」

信吾はおだやかな笑みを浮かべ、それでは本題に入りましょうか、と相手をうながした。

ひと呼吸置いてから逆虎は切り出した。

「事情が微妙なこともありますので、こちらとしては、できれば相手に気付かれることなく解決したいのです。すべてが終わったあとでは仕方ありませんが、それまでは知られたくないという都合がありまして」

そうは言われても、安易に「はいわかりました」とは言えない。

どうも一筋縄ではいきそうになかった。いささか暢気《のんき》に構えすぎていたようだ。信吾は顔を引き締めると、じっと逆虎を見てから微《かす》かにうなずいた。

二

「女房喰《ぐ》いと呼ばれる性質《たち》の悪い慶庵《けいあん》、口入屋、人入れ稼業とか奉公人周旋業とも呼ばれていますが、そんな女房喰いの一人が殺されたことはご存じでしょう」

突然、女房喰いと切り出されたときは、逆虎がなにを言い出すのだろうと、緊張せずにいられなかった。意図がわからないので、慎重に答えるしかない。

「はい。評判になりましたし、瓦版で読みましたので」

「どう思われましたか、信吾さんは」

「とても信じられませんでしたね」

「なにが、でしょう。なにに対して、と言ったほうがいいですかね」

「なにがとなりますと、なにもかもが、と言うしかありませんが」

「順番とか、驚きの度合いの大小についてはかまいませんので、気付いたことを話していただけませんか」

どういうことだろう。それがどうして、どのように相談事と繋《つな》がるというのか。しかし客に対して問えることではない。

意外な問い掛けに、信吾は混乱せざるを得なかった。親しくしている岡っ引の権六《ごんろく》親分や瓦版書きの天眼《てんがん》が、女房喰い殺しの出来事になんらかの関わりを持っているらしいだけに、余計に神経質になってしまう。

落ち着くのだ、狼狽《うろた》えてはならないと信吾は自分に言い聞かせた。これが本題ではなくて、逆虎が相談屋の信吾という器がいかほどであるかを、見極めようとしているのかもしれないからである。

「普通なら到底結び付かぬもの同士を見付け出し、むりにくっ付けた人がいたことがなによりの驚きです」

手探りをしながら相手の考えを導き出すしかないが、わからないなりにも、ある程度は踏みこまなければならない。でなければ相手からなにも引き出せず、ねらいを見抜くことができないからである。

「さすが目の付け所がちがいますね」

「どのような方法でかは知りませんが、くっ付けた本人を探り出した者がいたことにも驚かされました。まるで見せしめだと言わんばかりに、見るも無惨に殺したそうですからね」

「手酷《てひど》い殺され方をしたのですから、悪辣《あくらつ》なことを繰り返す女房喰い連中は、震えあがってこれからはなにもできぬとお考えですか」

「と願いたいですが」

「あとを絶たぬと」

「そうならぬことを願うだけです」

「人というものを、それに世の中の仕組みというか、表と裏がかなり見えておられるようですね。お若いにもかかわらず。信吾さんはたしか」と、間を置いて逆虎は言った。

「二十一歳でしたね」

「はい」

少しの間があったのは、逆虎が瓦版の信吾の武勇伝を読んでいたということだろう。そのときが二十歳だったから、当然だが今は二十一歳ということになる。

将棋会所「駒形」の開所一周年記念将棋大会にケチをつけて金を包ませようとした破落戸《ごろつき》を、信吾が追い払ったことが瓦版で派手に扱われた。護身の術で関節を攻めて動きを封じ、いかにも話しあいで解決したように、相手の顔を潰すことなく退散させたのである。

それを知った上で、逆虎は相談に来たということだ。

「又兵衛《またべえ》があそこまで酷い殺され方をしたのを知った慶庵たちですが、連中には信吾さんほどの武芸の心得があるとは思えない」

「いえ、瓦版に派手に扱われましたが、とても武芸などと言えるものでは」

信吾の弁解を無視して逆虎は続けた。

「となるとやつらは、仲人の口利き料が持参金の一割というだけで、おなじようなことをやりますかね。濡《ぬ》れ手《て》に粟《あわ》で大金がせしめられるか知りませんが、命には換えられんでしょう」

又兵衛は無惨な殺され方をした女房喰い、つまり悪質な仲人業の典型のような男であった。

ところで女房喰いがいかなるものかというと……。

離婚は原則として亭主の側からしかできないだけでなく、正当な理由がなくとも去り状を渡しさえすれば成立した。妻は従うしかないが、それを避けるために親は持参金付きで嫁入りさせる。

その場合、離縁すれば夫は持参金と、通常一割の仲人への謝礼を返却しなければならない。持参金が百両なら謝礼の十両を加えて百十両、耳をそろえてとなると簡単に用意できる額ではないだろう。そのため持参金が保険となる。

ところが妻から離縁を申し出た場合は、夫は持参金や謝礼を返す必要はない。

いつの世にも悪いやつはいるもので、持参金目当てに最初から追い出すつもりで娶《めと》る者が現れたのである。

おそらくは仲人専業となった慶庵が、ぎくしゃくした夫婦に目を付け、であれば母親とともに嫁が出て行くしかないように仕向ければいいと、夫をそそのかしたのだろう。

それがねらいどおりとなって、持参金がそっくり手許《てもと》に残った。

仲人の謝礼は持参金の一割なので、奉公人の周旋などとは桁がちがう。持参金の相場は百両で、少なくても三十両から五十両、三百両だ五百両だということもある。その一割だから、うまく纏《まと》めさえすれば笑いが止まらないはずだ。

そのようにして楽に金を手に入れることができると、だれだろうと繰り返さずにはいられなくなるようだ。だが商家同士の場合は、せいぜい二度か三度が限度である。悪い噂《うわさ》が立って嫁が来なくなるからだろう。

そこに頭がいい慶庵が登場する。

普通なら結び付く道理のない武家と商家を、むりやりくっ付けることを考えたのだ。どう考えても簡単に行く訳がないが、なにごとにも裏がある。

扶持《ふち》が決まっている武家は、加増なり役職による足高《たしだか》がないかぎり収入は増えない。だが時代とともに諸物価は高騰し、支出は増えるばかりであった。一方の商人は才覚次第では莫大《ばくだい》な財をなすことが可能で、大名や旗本に金を貸し付ける者さえ現れた。

そこに仲人業の付け入る隙ができる。金がほしくてならぬ武家に嫁を紹介するのだが、商人と武家の仲人をするなどとんでもない話であった。

そこで慶庵は、まず年頃の娘を持った裕福な商家に娘さんをお武家に輿入《こしい》れさせてお見世に箔《はく》を付け、格をあげられてはいかがですかと持ち掛けるのだ。娘が武家に嫁入りしたとなると、それだけ力のある見世だと評判になり、商売《あきない》に弾みが付くと強調するのを忘れない。

当然だが、そんなことができる訳がないと否定される。もしそれができるならどうなさいますと持ち掛ければ、そのときに考えましょう、という程度の関心は示すのが普通だ。

仲人業は次に、金に困っている武家に話を持ち掛ける。もちろん商家の娘ということなので、武家が受けるはずがない。

愚弄するでないと立腹するのは当然だろう。そこで仲人業の慶庵は、形だけの式を挙げれば持参金をそっくりいただく手があると、話の裏を打ち明けるのだ。商家同士ではあるが過去の実績を持ち出せば、金に窮していることもあって、その気になる武家が現れる。

形式さえ整っていれば大抵のことは通用するのが、武家の社会というものだ。持参金付きの商家の娘を嫁にする気になった武家と、ほぼ同格の武家に謝礼を払って、商家の娘を一時的に養女にしてもらう。そこから嫁いだことにすれば、商家ではなく武家の娘を嫁にしたことになる。

あとは予定どおり徹底的にいじめ抜いて、堪《たま》りかねて出てゆくしかないように仕向けるのである。なにか訊かれても「家風にあわなんだ」とか、「武家としての躾《しつけ》ができておらぬゆえ、身の程を知っていたたまれなくなったのであろう」などの理由ですませてしまう。

女房喰いの慶庵と武家は、グルになって何人もの町娘とその親を犠牲にして金をせしめるのだ。

町人の娘が武家に嫁ぐとなると、商家の嫁になるよりも多額の持参金を親は工面する。慶庵はその一割を謝礼として受け取り、武家は持参金をそっくり懐に入れるのだから、これほどひどいことはない。

「驕《おご》り高ぶった又兵衛は、大抵のことは頭のいい自分の思いどおりに運ぶのだと、調子に乗ってしまったのですね」と、逆虎が言った。「お蔭で、切り刻まれて苦痛のうちに死んでいったことを、真に迫った挿絵入りで瓦版に書かれることになりました。女房喰いたちは震えあがったことでしょう。あれからというもの、おとなしくしているようですから」

「そのうちに動き出すでしょうが、その場合はこれまでとはちがった遣り方を考えるでしょうね。でなければ、おなじ轍《てつ》を踏むことになりますから」

「なるほど。となると、どのような手で来ますかね」

そう言って逆虎は身を乗り出した。

「そこまでは考えが及びませんが、女房喰いたちの遣り方はあまりにも露骨でしたから、あれでは恨みを買って当然です。これからはおだやかで、長続きする方法を考えるでしょう。慶庵にすれば一割の謝礼をもらうだけでもかなりになりますから、なにも阿漕《あこぎ》なことに手を染める必要はありません」

三

「信吾さんが女房喰いなら、そうするということですね」

「冗談だとしても少しひどくないですか、逆虎さん」

ふざけている訳ではないだろうが、相手がおもしろがっていることがわかったので、信吾は軽く皮肉った。

「これは失敬しました。信吾さんがあまりにもやつらの考え方に通暁なさっているようなので、もしかすると陰で糸を引いているのかな、などと」

「ここでムキになると、やはりそうなのかと疑われそうですね。それはともかく、町方もこれまで以上に厳しくなるはずですから、仲人専門の慶庵たちとの鼬《いたち》ごっこになると思います。悪事を企《たくら》む連中は、手を替え品を替えしてやりますから」

「懲りませんからねえ、ああいう連中ときた日には」

「わたしが相談屋を始めたのは金儲《かねもう》けのためではありませんから、自分には生涯縁がないと思っておりますけれど」

「え、なにがです。唐突に」

「輝く山吹色の美しさは並みではないとのことですので、大抵の人の心を虜《とりこ》にするのでしょうね」

「話を伺っていると、信吾さんはとても二十一歳とは思えませんよ。相談屋が繁盛するはずだと納得できました」

「繁盛なんてとんでもない。将棋会所をやっているのでなんとか暮らせますが、よくてトントン。ほとんどが赤字ですから」

にこやかに笑って間を取ったのは、そろそろ本題の相談に入るとしましょうとの催促のつもりであった。ところが気付かぬのか、逆虎はそれに触れようとしない。

「先ほど信吾さんは、手を替え品を替えしてとおっしゃったが、そう簡単にはいかないのではないですか」

「連中はどこに目を向けるというか、目を付けるでしょうかね」

「なるほど、相談屋さんはそういうふうに考えを持って行く訳ですか」

相談屋だからではなくてほとんどの人がそうするはずだが、信吾は逆虎に異議を唱えようとは思わない。

「例えばですが」

頭を過《よぎ》った思いを、信吾はうっかり口にしてしまった。考えがあると洩らした以上、話さない訳にはいかない。

「これまでは商家の娘を娶って追い出し、持参金を奪い取りましたが」

なるほど、とでも言いたげに逆虎は膝を打った。

「商家の次男坊、三男坊を持参金付きで婿に取り、家族でいびり出すということですか」

「その手もありますかね」

「ちがっていましたか。となると」

「いや、おもしろいお考えだと思います。気の弱い商家の息子なら、寄って集《たか》っていじめたら、尻尾を巻いて逃げ出すでしょうから」

「しかし、女房喰いなら絵になるというか、想《おも》い描くことができますが、亭主喰いってのはピンと来ませんね。しかも色っぽくなくていけません。それはともかく、信吾さんが思っていたのは亭主喰いじゃないですね」

「連中は取り敢《とあ》えずは元に戻ると思います。仲人業に徹して、一割の謝礼をもらうだけで我慢するでしょう。おなじ武家に次々と世話する女房喰いのようには稼げませんが、それでも並みの慶庵よりはずっと実入りが多いですから」

「だが信吾さんの閃《ひらめ》きは、それではなかったということですね」

「立場の弱い商家の娘だから女房喰いができましたが、喰い物にさえしなければ、その逆もあるかなと思ったのですが」

逆虎は盃《さかずき》を取ってゆっくりと飲んだ。

「話がおもしろいので聞き入っているうちに、酒がすっかり醒《さ》めてしまいましたよ」

信吾が銚子《ちょうし》に手を伸ばすより早く、逆虎は自分で注《つ》ぎ足した。だが、それも燗冷《かんざ》めしているはずである。新たに燗を付けてもらおうかとも思ったが、招かれた身でそれはできない。逆虎はあまり飲めないとのことだったので、信吾はなにも言わなかった。

「あるいはちがっているかもしれませんが、逆ってことは、まさか武家の娘を商家に嫁入りさせようというのではないでしょうね」

「考えられませんか」

「そりゃ、むりだと思いますよ。武家としての沽券《こけん》に関わりますからね。それに武家の娘となると気位が高い。壁が高いだけでなく、二重になっているのですから」

「二重の壁、ですか」

「まず武家が娘を商家に嫁に出すとは考えられません。商家は商家で臆してしまって、身分のちがう娘を嫁にしようとは思わないでしょう。そんなむりはしなくても、商家からもらえば気兼ねせずにすみますからね」

「おっしゃるとおりですが、仲人専門の慶庵となると相当に強《したた》かですから。女房喰いがおおっぴらにおこなわれていたことすら、わたしたちは知りませんでした。又兵衛が見せしめみたいに殺されて瓦版が書き立てるまで、ほとんどの人はそんな連中がいることさえわかりませんでしたからね」

「うーむ」と、逆虎はおおきな呻《うめ》き声《ごえ》を洩らした。「たしかに、信吾さんの言うとおりではあるけれど」

「身分のちがいから言えば、お武家は商家より上です。しかし実情はかなりの部分で、特に自由にできるお金の多寡という点にかぎれば、逆転していると言っていいと思います」

「思いますではなくて、完全に逆転していますよ」

逆虎の瞳が強い輝きを見せ始めた。信吾が言わんとしたことが、わかったからにちがいない。

「お武家はしきたりに雁字搦《がんじがら》めに縛られ、約束事がやたらとあり、わずかな金さえ自由にできず、しかも実入りが増えることを期待することはできません。自分たちはままならないとしても、せめて娘は武家よりも多くの夢を託せる世界に羽ばたかせたい。そう考える親がいても、ふしぎはありません。そのようなことはだれも気付かず、考えてもいないでしょうが、目端《めはし》が利く慶庵の中には、早晩それに気付く者が現れるような気がします」

「うん。うんうんうん」と逆虎はかなり力んで、何度もうなずいた。「信吾さんの言うとおりかもしれませんね。もしもできるなら、そうしたいと思っているお武家は多いかもしれない。まてよ、そんなことは思ってもいないでしょう。考えもできんでしょうね。なぜなら、そこに繋がるきっかけがないからです。だけどだれかに囁《ささや》かれたら、話を持ち掛けられたら、おおいに迷うお武家は意外と多いかもしれませんね。いや、跳び付く人がほとんどということもあり得る。わたしも信吾さんに言われるまで、考えもできませんでしたが」

「女房喰いのような阿漕なことをやらず、仲人業に徹して一割の謝礼で満足し、世話することに励めばいいと思うのですよ。なるべく目立たぬように息を潜めておこなえば、気付く者はいないでしょう。女房喰いのことだって、だれも知りませんでしたから」

「たしかに」

「だれも気付いていない未開拓な状態ですからね、ちょっとした金箱になるかもしれません」

「なるほどなあ。相談屋として繁盛してるだけあって、目の付け所がちがう」

「またそれですか。奮闘はしても繁盛はしていません。青息吐息ですから」

「あとは遣り方次第ってことになる」

「なんだか、逆虎さん。慶庵に、仲人専門の慶庵になりたそうな顔をなさってますよ」

「信吾さん、冗談がきついですね」

「仕方ないでしょう。女房には冗談と駄洒落《だじゃれ》が、わが家の家風だと言われていますから」

「本当ですか。よろず相談屋をめおと相談屋に改められた訳が、よくわかりましたよ。となると奥さまにもお会いしたいですね」

「でしたら遊びにいらしてください。呆れられるかもしれませんがね。ちょっと変わった女ですから」

「そのうちに是非」

「ところで逆虎さん、お見えになられた相談の件は」

「それについては謝らなければなりませんが、ともかく一度お会いしたかったのですよ、噂の信吾さんに」

　やはりそうだったのかと思ったが、そんな思いは寸毫《すんごう》も顔に出さない。

「いや、考えていた以上におもしろく愉快なお方だ。これからも付きあっていただきたいですね。あるいは相談に乗っていただくこともあるかもしれませんが、その節には当然ですが相談料を払うようにいたします。今日は楽しいお話を伺ったので、お礼をしなければならないのですが」

「いえ、先ほどいただいておりますので」

「でしたら先ほどの手付を、お礼代わりとして勘弁してください」

「勘弁もなにも、わたしこそためになるお話を聞かせていただいて、ありがたく思っております」

なにかあったら伝言箱へ連絡を、とその日は別れたのであった。

四

「改めて思い出して見ると、なんともふしぎなお人でね。ともかく、このわたしに一度会いたかったってことなんだけど、どこまでが本心なんだか」

信吾は逆虎のことを、そんなふうに波乃《なみの》に切り出した。

その夜、信吾が黒船町の借家にもどったのは、五ツ（八時）を半刻《はんとき》（約一時間）ほどすぎた時刻であった。モトはすでに奉公人部屋にさがっていたので、波乃が燗をした銚子二本と漬物の皿を用意した。

着替えると信吾は表の八畳間に移ったが、頭にあるのは逆虎のことであった。

元町からの帰りは両国橋を渡って広小路を北西方向に進み、神田《かんだ》川を浅草橋《あさくさばし》で渡るとあとは日光街道を真《ま》っ直《す》ぐ北に歩む。その間も逆虎のことを考えていた。一体どういう男で、なぜ信吾に接してきたのか、と。しかし謎が深まるばかりであった。

「噂の信吾さん、と言われたんだけどね。どんな噂で、だれに聞いたのだか」

「あら、素敵。噂の信吾さんだなんて、錦絵の題にでもなりそう。もしかすると江戸の町中に、信吾さんの噂が吹き荒れているかもしれませんよ。娘さんたちのあいだで」

「ともかく奇妙な人だった」

「どういうところがかしら」

「どこもかしこも」

伝言箱には相談したきことがあるのでと、時刻と場所を指定してきたのに、最後まで相談の話は出なかった。

それなのに手付金を払われたのである。黒船町から向こう両国の元町までご足労願った足代だと思ってくださいと言われたが、包みには三両が入れられていた。相談の前金としてならともかく、足代となるといくらなんでも三両は多すぎる。

いや、そのまえに、相手が名乗った逆虎と言う名前の件があった。

名を伏せたいがそれでは信吾が話しにくいだろうから、自分のことを逆虎と呼んでくれと言ったのである。渾名でも号でもない。信吾と会うために新たに考えたのだと言うが、なぜそこまでしなければならなかったのかがわからない。

ところが話し始めても、話題に上ったのは先般江戸を騒がせた女房喰いと呼ばれる慶庵の一人が、無惨な殺され方をしたことに関してであった。

すぐに相談を始める人もいれば、雑談をしていていつの間にか相談に入っている場合もある。だから信吾も気にせず、成り行きに任せることにした。

逆虎の話題は女房喰いと、中でもとりわけあくどい又兵衛が殺されたことなど、常にその周辺にかぎられていた。少し外れたとしても、いつの間にかそこにもどっていたのだ。

逆虎の興味は、仲人専門の慶庵たちがこのあとどうするかにあった。だから信吾は訊かれるままに、自分の考えや、逆虎と話していて感じたことを語ったのである。

これまでは商家の娘の武家への嫁入りで、気の毒なことに悪質な慶庵と武家に喰いものにされて持参金を騙《だま》し取られた。だが又兵衛が見せしめのように殺害されたことで、瓦版に書かれて世間が知ってしまったため、その手は使えなくなる。

すると強かな慶庵のことだから、その逆に目を付けるはずだと信吾は考えた。

「逆と言うと花嫁ではなくて花婿ですか」と、波乃の反応は早かった。「商家の次男とか三男、つまり跡取りでない男の人をお武家の婿に紹介して、自分から出て行くしかないように仕向け、持参金を手に入れようというのですね」

「逆虎さんとおなじことを言う」

「あら、そうでしたの。でも、女房喰いの逆となると」

信吾に訊いたのか独り言か判断できない口調だったので、素知らぬ顔をしてしばらく待つことにした。波乃は「逆ですね逆」とか「逆虎さん」とつぶやきながら、真剣な顔で考えに集中していた。

そして言ったのである。

「となると、考えられることは一つですが。でも、どう考えてもむりな気がします」

「やはり波乃の考えは、逆虎さんとおなじようだな」

「あら、どういうことかしら」

そこで信吾は、商家の娘を武家に世話して持参金を騙し取るのではなく、武家の娘を裕福な商家に世話して持参金の一割を謝礼として受け取ることを、仲人業の慶庵は考えるはずだと話した。武家の娘を商家の嫁にとの、それまでの逆を考えると思ったのだ。

ところが逆虎は、いろいろな問題点をあげて難色を示した。武家としては沽券に関わるようなことはしないだろうし、武家娘は気位が高い。商家でもそんな縁組には応じないはずだ、と逆虎は言った。双方がそれでは、縁組が成立する訳がない。

「そう考えて当然だと思うんだよ。逆虎さんの考えはまちがっていないし、となると波乃の考えも正しい」

「でも、あの人たちはそんなふうには考えないということですね」

信吾に言わせると、逆虎の考えは思いこみでしかない。状況がすっかり変わった昨今では、娘を商家に嫁がせたいと考える武家がいてもふしぎはないのだ。

これまではだれもそんなことを考えず、となると仲人になろうと思う訳がない。真剣にそれを考える人がいて月下氷人として立てば、案外とまとまる話は多いのではないだろうか。機会がなかったからだと考えられぬこともない。

なぜなら商家では武家ほど縛るものがないので、遥《はる》かに自由であり、特にお金に関して裕福な商家は武家の比ではない。であれば娘は窮屈きわまりない武家の嫁になるより、商人に嫁いだほうが遥かに伸び伸びと生きられるはずである。

それに万が一のことがあれば、嫁の実家をそのままにしてはおかず、かならず援助してくれるにちがいない。厳しい状況に置かれた武家で、そう思わぬ者はむしろ少ないかもしれなかった。

「ほとんどの人が気付いていないだろうけれど、思っているよりも纏まる縁組は多いかもしれないよ。だから数をこなせば、持参金の一割をもらうだけでもけっこうな稼ぎになるはずだ。なにも花嫁や花婿を喰い物にする必要はないのだから」

「あたし、相談屋失格ですね。逆虎さんとおなじだとすると、まさに弱虎だわ」

「波乃はすなおだからな。その点、わたしは相談屋で鍛えられて、物事を裏や斜めから見る癖が付いたのかもしれない。だから気を付けなければ」

「あら、なぜですか。あたしなんて思い付きもできなかったことまで、見通しているのではないですか」

「本当は正面から見据えた上で、裏や斜めからも見なければならない。ところがそれを続けているると、正面から見ることをしなくなってしまう。あるいは忘れてしまって、落とし穴に嵌《は》まる恐れがあるからね」

「信吾さんはすごい。明日からでも仲人業の慶庵をやれそう」

「からかうのはよしとくれ」

「いえ、しみじみとそう思ったの」

「ちょっと待ってくれよ。わたしには相談屋という仕事があるし、波乃はその相棒のはずだろ」

「いけない。うっかり忘れるところでした」

「おいおい、しっかりしてくれよ。だけど偉そうなことを言っても逆虎さんは仕事に、つまりお金にならないかもしれないな。足代はもらったけれど」

「あらま、本当でした。これが落とし穴なのね。信吾さん、大事なことを忘れていませんか」

「なにをだね」

「めおと相談屋は、世の中の困っている人、迷っている人を一人でも少なくするために始めたのでしょう。お金はその次ではなかったかしら」

「ギャフン、してやられた。まるで、負うた子に教えられて浅瀬を渡る、の見本だね」

ちょうど、銚子二本の酒を飲み終えたところであった。二人で二合となると、なんとも手ごろな量ではないか。蒲団《ふとん》に這入《はい》っても、身も心も温かいはずだ。


別れるときに逆虎は、「あるいは相談に乗っていただくこともあるかもしれません」と言ったが、信吾はそれほど期待してはいなかった。だがそれよりも、波乃を交えてあれこれと話せると楽しいだろうな、と思っていたのである。それもあって連絡が待ち遠しかった。

多少は前後しても、朝の六ツ（六時）と昼の九ツ（正午）、そして夕六ツ（六時）に、信吾は将棋会所「駒形」と母屋の伝言箱を確認する。紙片が入っていることもあったが、残念ながらそこに逆虎の名はなかった。


「また来たぜ」

権六親分が将棋会所に顔を見せたのは、逆虎に会った日の三日後であった。

「妙なやつは出入りしてねえだろうな」

「はい。親分さんが時折顔を見せてくださいますので、ここは避けているようです」

との遣り取りも毎度のことだ。

権六が信吾を一瞥《いちべつ》したのは、母屋で喋《しゃべ》ろうぜという意味だろう。信吾は甚兵衛《じんべえ》と常吉《つねきち》にあとを頼んで、庭に出ると柴折戸《しおりど》を押した。

権六は表座敷にあがらずに、濡縁《ぬれえん》に腰をおろした。信吾がその横に座を占めると、すぐに波乃が茶を持って来て自分もその場に坐《すわ》る。

なにか話があるのかもしれないと信吾は思っていたが、権六はほんの息抜きに寄っただけらしい。でなければ波乃の顔が見たかったのだろう。

たわいないことを話していて閃きが得られ、手掛けている仕事を処理できたことが何度かあったと聞いたことがある。だがそれも、波乃の顔を見るための口実かもしれなかった。

取り留めもない話をしたあとで、そういえばというふうに信吾は口にした。

「ところで親分さん、例の女房喰い殺しの一件ですが、その後の進展はいかがですか」

ひと呼吸置いて権六が言った。

「はかばかしくねえようだ」

又兵衛殺しは町奉行所挙げての探索にもかかわらず、いまだに犯人を突き止められていないとのことであった。

「南北の奉行所には腕利きの同心の旦那方がそろってるそうですし、それを助《す》けている親分さんたちも一騎当千とのことですので、あるいは、と」

「手懸りをなに一つ残してねえんだから、敵ながら天晴《あっぱ》れと言うしかねえ。というところだ」

その口振りからすると、権六は女房喰い殺しについては話したくなさそうだ。

以前、あまりにも女房喰いの手口がひどいので、見るに見かねた同心か岡っ引のだれかが処罰したにちがいない、とほのめかしたことがあった。権六と瓦版書きの天眼が、なんらかの絡み方をしていると信吾は思っている。

女房喰いの又兵衛が殺されて瓦版に載ったとき、権六は次はいかに苦しみながら死なねばならなかったかが、挿絵入りで載るだろうと予告した。そのとおりになったときには、これでやつらは二度とやらないはずだと言ったのだ。

挿絵入りで載ると言ったからには、権六は当事者か事情に詳しい者ということになる。それを聞かされたときは波乃もいっしょであった。二人が決して他人に喋らないのを知っていて、権六は事実を明かしたのだと信吾は確信している。

であれば権六が女房喰い殺しを話題にしたくないのは、当然かもしれなかった。信吾一人であればあるいは話に応じたかもしれないが、横に波乃がいるからだ。

信吾は話を少しだけずらすことにした。

「あれに懲りて身を潜めているようですが、仲人業はほかの慶庵より桁ちがいに実入りが良いそうですから、いつまでもじっとしているとは思えないのですがね」

左右に開いた権六のちいさな目が、一瞬だが凄《すご》みのある光を放った。だが瞬時で元にもどる。

信吾が逆虎との遣り取りの内容を、話そうか話さないでおこうかと迷っていると、権六が仕方ないというふうに口を開いた。

「じっとしちゃいねえだろうが、仲人業に励んでおるかぎり、町方はなにもしねえし、できるこってもねえ」

「慶庵はお武家とグルになって、散々甘い汁を吸ってきました。一度その旨味《うまみ》を味わったら、べつの方法でおなじようなボロ儲けができないかと、あの連中なら考えそうな気がしましてね」

「あり得るな」

「例えばどのような」

意気込んで言った信吾をしばらく見ていたが、やがて権六の鬼瓦のような面相に赤味が差した。と同時に噴き出したのである。

「それがわかりゃ、直ちに手を打つさ。やつらにしたって、簡単に尻尾を摑《つか》まれるようなヘマはやらねえよ」

「それもそうですね」

肩透かしを喰った感じで、信吾は少し気落ちした。

「あの」

波乃が思わずというふうに口を挟んだが、すぐに首を振った。

「ごめんなさい。取り消します。子供っぽくて恥ずかしいわ」

「遠慮することぁねえんだぜ、波乃さん。信吾はちょっくら頭に血がのぼっているようなので、ここは静かに聞いていた波乃さんのほうがずっとまともに考えられそうだ。どういうことだね」

「男の意地なんですけど、やはりあり得ませんね」

「男の意地ってかい。信吾からでなく波乃さんからそれを聞くとは思いもしなかったが、どういうことだい」

チラリと横目で見ると信吾がうなずいたので、波乃は意を決したように話し始めた。

「今度のことで怖くなったほとんどの慶庵の仲人さんは、あまり欲張らないで持参金の一割を得ようと、縁結びに励むと思います」

「それだけなら、町方は手出しできねえからな」

「ですけど慶庵の中には一人くらい、仲間を殺《あや》められて黙って引きさがる訳にはいかない。よし、そういう手合いの鼻を、なんとしても明かしてやるぞとですね、なにかとんでもないことを企む人がいるのではないかしら」

いかにも言いにくそうだったのは、「そういう手合い」が権六など、町方の岡っ引や同心を指しているからだろう。

「口ばっかり達者なだけの慶庵に、そういう骨のあるやつがいるとは思えねえが、こいつばかりはなんとも言えねえ。いってえ、どういうことを企むと思うね、波乃さん」

「見当も付きません。あたしの考えられるのはそこまでですから、あとは本職の親分さんが考えてくださいな」

「こりゃ、見事に一本取られちまった。退散するしかねえようだ。だが、信吾と波乃さんの顔を拝ませてもらったお蔭で、気が晴れやかになったぜ。こういうことがあるから、ついここに来ちまうんだろうな」

膝を叩《たた》いて権六は立ちあがった。

五

瓦版は上野、両国、浅草の広小路や、品川、内藤新宿《ないとうしんじゅく》、板橋、千住《せんじゅ》のいわゆる四宿《ししゅく》、日本橋、八《や》ツ小路《こうじ》など人の集まる所で売られる。手習所の師匠が使うような字突き棒で、見出しや挿絵を示しながら名調子を張りあげるため、あっと言う間に人が集まった。

めおと相談屋と将棋会所「駒形」のある黒船町は、浅草広小路から五、六町（六〇〇メートル前後）ほど南に位置している。

それもあって、洪水や火事のような災害、珍獣や風変わりな見世物、派手な喧嘩《けんか》、大捕物、敵討ちや心中、幽霊や怪異など、話題になった瓦版は、だれかが買って来た。ときには、おなじ瓦版が何枚も集まる。それを囲んで話に花が咲くことも珍しくなかった。

信吾は女房喰い殺し関係や、慶庵絡みの記事が出ないかと、将棋客が持ち寄る瓦版を注意していたが、それらが扱われることはなかった。また茶飲み時間などにさり気なく話題にしても、あれ以来、見たり聞いたりした者はいないようだ。

毎日のようにいろいろな出来事が起きている江戸の町では、女房喰い殺し事件はわずかなあいだに、過去のものとして忘れられてしまったらしい。

権六親分は一人で、ときに手下を連れて将棋会所に顔を見せるが、女房喰いや慶庵関係の話は出なかった。訊けば話してくれるだろうが、信吾は権六が自分から話すのを待つことにした。関心がなくはありませんが、せいぜいその程度ですよ、という状態で留めておきたかったのである。

波乃も気にはしているだろうが、食後の茶を喫しているときにも、閨《ねや》に並んで横になってからも、それが話題になったことはない。信吾から話は聞いていても、逆虎と話した訳ではないので、ある程度の興味しか持てないのかもしれない。

信吾は日に三度、将棋会所と母屋の伝言箱を調べるが、紙片が入っていても逆虎からのものは皆無だった。

今回のようなことがあると、相談客の名前と住まい、さらには商売や屋号に関しては、やはり考えを改めたほうがいいのではないかと思わずにいられない。相談屋としては客の悩みを解決するのが第一なので、相談に関すること以外については特に知らなくていいと、割り切ってやってきた。これまではそれで、なんの不都合もなかったのである。

だがそれは、あくまでも原則とすべきではないだろうか。仕事に関わるかどうかはべつにして、やはり知っておくべきだと思ったことが何度かある。

例えば名を告げなかったある人物は、話していて魅力を感じたので、信吾は仕事を離れて交誼《こうぎ》を結びたかった。ところが会いたいと思ったとき、個人的なことをなにも聞いていないため、連絡の取りようがなかったのである。

その人に招待された料理屋の女将に訊ねても、自分も詳しいことは知らないと言う。おそらくそういうことにしているのだろうが、取り付く島もない。「今度お見えになられたら、信吾さまが連絡いただきたいとおっしゃっておりましたと、お伝えいたしますね」とのことであった。だが連絡はなかったのである。

たまたまだが、その人物とは幸運なことに再会することができた。戯作本《げさくぼん》『花江戸《はなのおえど》後日同舟《のちはのりあい》』が評判になったので、その内容から会いたかった男が著者の寸瑕亭押夢《すんかていおしむ》だとわかったからだ。それが契機となって、付きあいは続いている。

もっとも、すぐに会えた訳ではない。

本を出した日本橋の書肆《しょし》に出向いてあるじに訊いたが教えてくれず、先生がお見えになれば伝えますのでと、信吾は住まいと名前を書かされた。そのような経緯《いきさつ》があって、ようやく信吾は押夢と会えたのである。

ごく稀《まれ》にではあっても、今後も押夢や逆虎のような人物が現れることは考えられた。であれば相談に来た客には、まず住まいと名前を聞いてから応じるようにすべきか。それとも相談の遣り取りをしていて、魅力を感じた人だけには教えてもらうようにすべきなのか、とそこまで考えて問題があることに信吾は気付いた。

これまでも個人的な事情を明かさずに相談に乗ってもらいたいと、最初に告げた客は多かった。それでは応じられないと言えば、かなりの人が相談を取り消すのではないだろうか。となると、人々の悩みを解消するのを目的に設けた相談屋が、意味をなさなくなってしまう。

一応条件を示して、それでも住まいや名前を教えなければ、不問のままで相談に応じる手もある。

その方法なら自分のことを明かさなくてもいいので、かなり微妙な部分まで話してもらえるだろう。しかし、一部ではあっても曖昧な部分があっては悩みの解消に至らないし、なんとか解決できてもむだな時間を取られてしまう。

またその人物と会って話したいと思うのは、別れたあとのことが多かった。いずれ決めなければならないが、よく考えてからにしなければと、信吾はその問題は保留にした。

その後も伝言箱に、逆虎からの連絡が入っていることはなかった。

途切れることもたまにあるが、信吾は大抵いくつかの相談事を並行して進めている。話を聞く場合も、一度で終わらず何度か会わねばならぬこともあった。またその場で解決できることは稀で、調べなければならぬ問題も生じる。

将棋会所に坐って、どうすれば相談を受けた客の悩みを解消できるだろうかと、ひたすら考えていることもあった。将棋はやればやるほど奥が深いと思わずにいられないが、相談事も客の事情がすべて異なるので、ちがった意味で奥が深かった。

日が経つにつれて、逆虎のことを考えることが次第に少なくなっていく。

両国の住人で、午後になってからやって来ることの多い茂十《もじゅう》の声に、信吾は思わず腰を浮かせそうになった。バタバタと足音がして格子戸が開けられたと思うと、茂十が客たちに興奮した声を投げたのだ。

「世の中、悪いやつがあとを絶たないね。あの女房喰いの逆、まったく正反対をやったやつがいたから驚きだ」

勝負に熱中していたはずの会所の客たちが、将棋盤から一斉に顔をあげた。女房喰いという言葉が強烈なのと、一瞬にして女房喰い殺し事件を思い出したからにちがいない。

しかも正反対と言われると、だれだってどういうことだ、なにが正反対なのだと思わざるを得ないだろう。

冷静沈着な席亭で知られている信吾が、一番早く茂十に駆け寄った。ほかの客も次々と集まる。茂十から奪うように瓦版を受け取った信吾が開くと、見出しが目に飛びこんだ。

消えた花婿と三百両
哀れ花嫁は裸同然
女房喰いの逆手《さかて》か
別荘も参列者も偽物

——天眼にまちがいない。

見出しとその並べ方を見ただけで、書いたのは天眼だと信吾は確信した。周りから何人もが首を突き出して読もうとするので、信吾は声に出して読み聞かせた。

日本橋平松町《ひらまつちょう》の林屋《はやしや》誠三《せいぞう》は富豪として知られた線香問屋のあるじだが、父親が亡くなって家を継いでから落ちぶれてしまった。男っぷりがよいので女にもてたこともあるが、好餌に喰らい付いた取り巻き連中がおだてて散財させてしまったらしい。

誠三はこの月の十六日夜、婚礼をあげることになっていたのに、直前になって式場を変更した。方角が悪いので本所押上村《おしあげむら》の寮、つまり別荘で執りおこないたいと嫁方に伝えたのである。

相手はさる大名家の用人で、娘に三百両の持参金を付けて、羽振がいいと聞く誠三に嫁がせることにしたらしい。おそらく仲人業の慶庵が持ち掛けて、娘の幸せを願う用人をその気にさせたのだろう。

ところが誠三は実は借金で首が廻《まわ》らず、林屋の家屋敷からほどなく立《た》ち退《の》かねばならなかった。押上村の寮というのも嘘《うそ》で、経営の思わしくない料理屋を一日だけ借り切り、清掃してそれらしく装っただけである。

少し調べればわかることだが、用人は商家のことに不案内なので、慶庵の仲人口を鵜《う》呑《の》みにしたのだろう。

誠三は嫁と舅《しゅうと》、親族を迎え入れて三々九度の盃事《さかずきごと》をすませると、持参金三百両を受け取った。そして花婿は中座したのである。

花婿がもどらないので、いくらなんでもおかしいと思ったときには、誠三とその関係者はすっかり姿を晦《くら》ませていた。

残っていた女たちは捕らえられたが、一日の契約で雇われ、その日初めて誠三に会ったとのことだ。婚礼の宴が終われば払うとの約束で、手当はまだもらっていなかった。

家を貸した料理屋もわずかな手付を払われただけで、こちらも被害者である。

単純なからくりを見抜けなかったばかりに、持参金三百両をまんまと騙《かた》り取られた用人こそ、好《よ》い面の皮であった。娘の幸せを願えばであろうが、仲人業の慶庵から林屋誠三のかつての豪福を聞かされてその気になったのだろう。すっかり信じきって、なんとしても娘を嫁がせたいと持参金を無理算段したにちがいない。

武士にあるまじき行為との理由で用人は大名家を解雇されたそうだが、まさに踏んだり蹴ったりである。

「ひえーッ」と奇妙な声を発したのは、常連の髪結の亭主源八《げんぱち》であったが、その声が引き金となった。

「持参金が三百両ってのは豪儀だね」「お侍が娘を商人の嫁にってかよ」「お大名の用人ってのは金持ってんだね」「それにしても派手な芝居を打ちやがったなあ」「だれかがすぐに歌舞伎に仕立てると思うぜ」「娘が可哀想《かわいそう》だよ。もうどこにも嫁に行けないだろう」などと、騒然となった。こうなると将棋を指すどころではない。

客たちの騒ぎをよそに、信吾は呆然《ぼうぜん》としていた。

逆虎に訊かれるままに、又兵衛が殺されたことで仲人業の慶庵たちが、次にどのような動きを見せるかを話したのだった。

商家の娘を金に困った武家に嫁がせ、出て行くしかないように仕向けて持参金を騙し取るのが、女房喰いの遣り口であった。中でもあくどい又兵衛が、見せしめのように殺されたのである。

信吾は慶庵たちがその逆、武家の娘を裕福な商家に嫁がせるのではないかと予測し、それはないだろうと逆虎に言われた。

ところが、現実に慶庵たちはその方法を採ったのであった。いや、事件となって表面化したのでわかったが、連中は既にその方法をおこなっていたということだ。

だが武家の娘だけに、さすがに女房喰いの餌食にしなかった。いや、できなかったのだろう。

信吾が愕然《がくぜん》となったのは、女房喰いの手が使えなくなった慶庵が、次は商家ではなく武家の娘を標的にしたことである。そこまでは信吾も予想していたが、それだけで終わらなかった。誠三が持参金を掠《かす》め取ったのだ。

問題は誠三が単独でおこなったのか、慶庵と共謀したのかという点である。

用人に話を持ち掛けたのは慶庵のはずだが、誠三と慶庵の関係はどうであったのか。二人は親密な仲だったのか。それとも労少なくして大金を得ようとの目的で、一時的に手を組んだだけだろうか。

持参金の一割の謝礼を得るために慶庵が用人と誠三に働きかけたというよりは、切羽詰まっていた誠三が慶庵に働きかけたと考えたほうが筋は通る。

誠三が声を掛けたので慶庵は用人に打診して話を纏め、婚姻を成立させた。抜け目ない慶庵であれば、縁組が整った時点で謝礼の一割を受け取っているだろう。誠三が三百両を懐に姿を晦まそうとは、思いもしなかったはずである。

おそらくそういうことだろうが、流れが摑めたとしても少しの満足もない。それどころかますます憂鬱になってしまった。

「こういうことがあると、自分がおなじ人間であることが厭《いと》わしくなりますな」

話し掛けられたのが自分らしいと気付いてそちらを見ると、甚兵衛が重苦しい顔をして信吾を見ていた。

「これだけの知恵があるなら、もっと良いほうに働かせてもらいたいものですが」

「そこが人という生き物の不可思議さ、ということなんでしょうな」

両国の茂十が「駒形」に駆けこんだのは八ツすぎであった。信吾が瓦版を読んで聞かせると、ほどなくそこかしこに輪ができて話が弾んでいる。対局をしている者は一組もなかった。

それに気をとられていたこともあるのだろうが、常吉は茂十から席料二十文をもらい忘れ、しかもそれに気付きもしなかった。

六

「それにしても魂消《たまげ》たぜ」

翌朝の四ツすぎに格子戸を開けるなりそう言った権六は、客たちの挨拶を受けながら、会所の内部を睨《ね》め廻した。

「なんともまあ、ド派手なことをやってくれたもんだ」

それだけで、瓦版に書かれた押上村のいかさま婚礼のことだとわかり、にわかにその場は騒がしくなった。

客たちが喋るのを横目で見ながら、権六は信吾にちいさく顎をしゃくった。心得ている信吾は甚兵衛と常吉にあとを頼み、日和下駄《ひよりげた》を突っ掛けて庭に出ると、先に立って母屋への柴折戸を押す。

普段とは権六のようすがちがっていた。

格子戸を開けて入って来たときから、信吾はそう感じていた。横目で見て顎をしゃくったときに、さらに強く感じたが、その思いはますます強くなった。以後は終始黙ったままである。

権六は濡縁に腰をおろすときもあれば、座敷にあがることもある。今日は沓脱石《くつぬぎいし》で着物の裾を払って埃《ほこり》を落とし、座敷にあがり胡坐《あぐら》をかいた。

波乃が権六と信吾のまえに湯呑茶碗《ゆのみぢゃわん》を置いても、権六はなにも言わなかった。波乃が窺《うかが》うように見たので、信吾は坐るように目顔でうながした。

茶碗を手にした権六はゆっくりと口に含んで、しばらく味わってから飲みくだした。

「あっちのみんなは、いや、だれも知っちゃおらんがな」と、間を取ってから権六は続けた。「捕まったよ」

「林屋の誠三さんですね」

わかっているのに信吾は念を押した。

「林屋の誠三だ」

権六もまた、わかり切っていることを言うと黙ってしまった。信吾はなにも言わずに、岡っ引の次の言葉を待った。そのほうがいいということは、相談屋として客に接していて学んだことであった。

「逃げきれねえことは、本人にもわかっちゃいたのだろう」

権六がそう言ったときには、沈黙が長かっただけに正直なところ信吾はほっとした。

「わかってはおっても、ああするしかないほど、二進《にっち》も三進《さっち》もいかなんだのだろうな」

「瓦版によりますと、借金で首が廻らず、屋敷も他人《ひと》のものとなって、家を出るしかなかったそうですね」

「江戸でも有数の線香問屋で、蔵にゃ千両箱が山と積まれていたという。乳母日傘《おんばひがさ》で育てられたお坊ちゃんだ。さてこれから商人として育てようというときに、父親がおっ死《ち》んだ」

「そのとき何歳だったんですか、誠三さんは」

「悪党をさん付けするこたぁねえが、二十歳になるかならぬかだったそうだ。ちゃんとした軍師、うしろで支える参謀がおりゃよかったろうが、旦那が一人で見世を取り仕切っておったらしくてな」

「番頭さんは」

「まともならああはならなんだろうが、番頭は旦那の顔色を窺うだけの腰巾着だったそうだ。若旦那を盛り立てていかにゃならんのに、ちょっとのことですぐ腰砕けになって、右往左往するような男ではどうにもならん」

「そんな若旦那が、碌《ろく》でもない取り巻きに喰い物にされたんじゃ、とてもではないが保《も》ちませんね」

「旦那が死んで、番頭がそんなんじゃ見世は続かぬと、若い力のある奉公人の中には辞めた者もいるそうだ。沈む船には鼠《ねずみ》は乗らぬ、と言うからな。蔵の千両箱が瞬く間に減っちまったことだろう」

「しかし悪い人ではないのでしょ、若旦那の誠三さんは」

「若旦那と言ったって四十近いがな。悪い人でなくて、なんだと言うんだ。三百両を騙し取ったんだぞ」

「いや、そういう意味ではなくてですね、人間的にどこか魅力があったのではないかと思うのですよ。だって大名家の用人が、娘の婿に選んだのでしょう。どこか大店《おおだな》のあるじらしい雰囲気とか、魅力がなければそうはならないのではないですか。大名家の用人となれば、ほかの大名家との折衝とか駆け引きとかがありますから、人を見る目はそこそこあると思います。いい加減なところとかいかがわしい雰囲気があれば、娘を託そうとは思わないでしょう」

「そう言えば人当たりはいいし厭味《いやみ》がない。どっちかというと人に好かれるほうだろう。伸び伸びとおおらかに育っているからな。婿としてはちょっと齢《とし》を喰っちゃいるが、中肉中背でがっしりした体格だし、髭が濃くて剃り跡が青いところなどは実に男らしい。顎の先の中ほどがちょっと窪んでおるが、整った顔と言っていいだろう」

頭の中で鈍い音が弾《はじ》けると同時に、誠三と逆虎が信吾の中で重なった。それも一瞬にして、寸分の狂いもなく、である。だが信吾には、逆虎がそんな悪人とはどうしても思えない。

頭がくらくらした。権六に覚られぬように平静を保とうとしたが、とっくに気付かれているかもしれなかった。

「となりますと、親分さん。誠三さんはどうなるのでしょう」

「さんはいらねえと言っただろうが」

「あれ、誠三さんと言いましたっけ」

「言ったよ。今も言ったじゃねえか。その誠三さんだが、それみろ、おれまでさんを付けちまった」

「すみません」

「信吾が謝ることはねえが、どうも調子が狂っちまうな」と苦笑してから、権六は真顔になった。「十両盗めば首が飛ぶのだから、三百両となると、いくつ首があっても足りゃしない。十両以上盗んだ者は死罪だ。首を討たれたあとで、死体は様斬《ためしぎ》りにされる。どしたい、波乃さん。顔色が良くねえようだが」

「いえ、そんなことありません」

波乃はあわてて打ち消したが、首を討たれるとか様斬りにされるなどと言われて、平静でいられる者はいないだろう。

「とは思うが、もしかして悪阻《つわり》じゃねえのか。もっとも悪阻なら、おめでとうと祝わなきゃならんが」

「厭ですよ、親分さん。おからかいになって」

「それにしても、わからんもんだ」

「ですから、親分さん」

「いかに金のためとはいえ、慶庵が武家の娘を商家に取り持つとはなあ」

権六がそう言うのを聞いて、波乃は耳朶《みみたぶ》まで真っ赤になった。勘ちがいしていて、話が切り替わっていたことに気付かなかったからである。

「そんなこたぁ、思いもしとらんかった。骨のある慶庵がなんかしでかすかもしれんとの、波乃さんの言ったことな。おれも、ねえことはねえ、十分にあり得ると思ったのよ」

前回、女房喰いの話になったとき波乃がもしかすると、と言ったことである。

「慶庵ってのは人に知られんように隠密《おんみつ》に事を運んどるから、探し出すのに難儀したぜ。なんとか探し出して、凄腕の、てことはあくどいやつ何人かに、手下を張り付け見張らせたんだ。しかしこれといって怪しげな動きはなかった。ところがべつの慶庵が、思いもしない手を使いやがった。武家娘を商家の嫁にってんだから、敵もさるものってことだ」

信吾と波乃は思わず顔を見あわせた。権六は波乃と話していて閃き、事件を未然に防げたし、解決に役立ったことが何度もあったと言っていた。信吾はここに来るための口実かもしれない、程度に考えていたのである。

しかし仲間の慶庵が殺されて黙ってはいられない、一泡吹かせてやろうという慶庵がいないとはかぎらないと言った波乃のひと言を聞いただけで、素早く手を打っていたのだ。

信吾は改めて権六を見直したのだった。

「ですが親分さん」と、波乃が言った。「親分さんがおやりになったことは、むだにならないと思います。押上村の婚礼に関わった慶庵は別口ですから、親分さんのなさってることはまちがっていないはずです」

「波乃さんにそう言ってもらえると張りが出る。なあに、それほど気落ちしちゃいねえ。こちとらのやってることのほとんど、八割、九割はむだなのよ。しかし、地道に続けてりゃこそ、成果があがるってことだからな」

「相談屋の仕事でも、ときどきそんなふうに感じることがあります」

「おっと、長居しちまったが、これで失礼するぜ。今言ったことは、おれがうっかり洩らしたことで、世間の連中はだれも知らねえ。ということは、信吾も波乃さんも知らぬということだ。瓦版に出るだろうから、それまでは黙っててくれよな」

座敷にあがって腰をおろしたのだから、じっくり喋るのではないかと思っていたが、早くも権六は沓脱石で履物を履いていた。会所の客たちにひと声かけてから帰るよ、と言われたので、信吾と波乃は母屋と仕事場の境の柴折戸で権六を見送った。

「もしかすると」

座敷にもどると波乃が言った。「ああ」と答えるしかない。

「あたし」と、波乃が言った。「信吾さんのお話を聞いただけで、逆虎さんに会ったことはありませんけれど、悪い人とは思えません」

「わたしもだ。ただ」

「ただ……」

「冷静になると、そうとしか考えられないところもあってね」

元町からもどったときに話したことと重なるが、もう一度整理してみようと言って信吾は気になる事柄を並べた。

客の男は逆虎と名乗ったが、それは信吾しか知らない偽名だと言った。なぜそうしなければならなかったのかは謎である。

手付金を渡され、足代だと思ってくださいと言われたが三両もあった。誠三は借金で首が廻らなかったそうだが、もし逆虎が同一人物だとしたら三両という大金をいかに工面したのだろう。

微妙な事情があって、相手に気付かれないよう解決したいと逆虎は言った。あとになって考えると、相手とは大名家の用人や慶庵だったのかもしれない。

ところが相談はなく、いきなり女房喰い殺しの話になり、慶庵の手口などについて念入りに訊かれたのであった。そして仲間の又兵衛が殺されたとなると、慶庵たちは次にどういう手で来るだろうと問われた。

信吾は次のように答えた。

これまでは商家の娘を武家に嫁がせて持参金を騙し取ったが、次は武家娘を商家の嫁に世話するのではないだろうか。そうしたい武家は多いかもしれないので、一割の謝礼でも数をこなせば相当な儲けになる。

逆虎はあり得ないと否定したが、信吾が理由を並べると納得し、むしろ感心した。だから信吾は冗談半分に、「仲人専門の慶庵になりたそうな顔をなさってますよ」と言ったほどだ。

「権六親分の話では林屋の誠三さん」と、そこで信吾は言い淀《よど》んだ。「親分の話では死罪らしいから、極悪人を誠三さんはおかしいか。……誠三は四十歳に近く、中肉中背でがっしりした体格、髭が濃くて顎の先端が窪んでいるとのことだった。これは逆虎さんに、そっくりそのまま当て嵌まるんだよ」

「でも、他人の空似かもしれないでしょ」

「だといいけれど、あまりにも符合しすぎる。もしも二人が同一人物だとすると、わたしが逆虎さんに訊かれて、あッ、だとすると逆虎さんもおかしい。逆虎と呼び捨てにしないといけないね」

「逆虎さんでいいのではないですか。だっておなじ人だと決まった訳ではありませんから。かもしれないということですからね、今のところは」

「それもそうか」

と言ったものの、信吾は釈然としなかった。

武家の娘を商家に嫁がせる方法を、林屋の誠三が慶庵に持ち掛けたとすると、逆虎と誠三は同一人物の可能性が非常に高くなる。ただ慶庵は、まさか誠三が持参金の三百両を持ち逃げするとは、思ってもいなかっただろう。

「わたしが武家娘を商家にと言ったため、押上村の騒動が起きたとすれば、わたしのひと言が大名家の用人父娘《おやこ》を、不幸のどん底に突き落としてしまったことになる」

波乃は顔を伏せてしまった。瓦版には出ていなかったし、権六親分も触れなかったが、娘は波乃と同年輩だろう。誠三が四十近いとのことなので、波乃よりもう少し上かもしれない。

だが問題は年齢ではない。その将来を奪ったに等しいということなのだ。

「信吾さんは、思いこみで自分を苦しめているような気がします」

しばらくして、顔をあげた波乃がそう言った。二人の目があうと、波乃はゆっくりとうなずいた。

「権六親分がおっしゃったでしょ。慶庵は人に知られぬよう隠密に動いてるって。瓦版が出るまで、あたしたちは悪いことをする慶庵がいるなんて、それもお武家の娘さんを商家に嫁がせるなんて、思いもしませんでした。ですからね、信吾さんが話したから思い付いたのではなく、おそらくもっと早くからおこなわれていたと思います。それに」

信吾が口を挟もうとすると、波乃は素早く、そして鋭く言った。

「信吾さんがそのことを話したのは、相手の方が相談屋にお見えのお客さまだからです。当然のことをしただけでしょう。その話から思い付いて悪事を働いたとしたら、罪はその人にあって、信吾さんにはありません」

顔を伏せていたあいだに、信吾が苦しまなくてすむようにと懸命に考えたのだろう。波乃の気持はうれしいしわからぬでもないが、信吾の気持は晴れなかった。

七

多くの相談客に接しているあいだに、信吾は自然に感情を顔に出さないようになっていた。だがそれを続けるのは、ときと事情にもよるがけっこうたいへんだ。

将棋会所で指導し、問われるままに駒を動かしているあいだはいいのである。ところが手が空いてしまうとつい考えこんでしまうので、思い悩んでいるように見られるかもしれない。

いくら否定しようとしても、逆虎と誠三は同一人物だと思わざるを得ないし、となるとやはり自分の言葉のせいでああなったのだ、とおのれを責めてしまう。

自分が武家の娘を商家の嫁にと言ったばかりに、逆虎である誠三は慶庵に話し、慶庵は大名家の用人に縁談を持ちこんだ、となるからだ。お蔭で娘は不幸のどん底に突き落とされてしまった、といつもそこに行き着いてしまうのである。

いやそうではないと、波乃の言葉を思い出して打ち消すのだが、打ち消す力が次第に弱まっていくのを感じずにいられない。それでもなんとか将棋会所の客や甚兵衛、常吉には気取られずにすんでいる。

しかし波乃はそうはいかない。信吾が憂鬱なのをわかっていて、それを懸命に顔に出すまいとしているとわかるだけに、申し訳ないという気になってしまうのである。

手が空いたので対局者のいない席の座蒲団に坐って、信吾は担ぎの貸本屋の啓《けい》さんが薦めてくれた戯作を読み始めた。だが目は字面を追わずに流れてしまい、何度もどこを読んでいたかわからなくなってしまう。

大黒柱で鈴が二度鳴った。母屋に来客ありの合図である。「竹馬の友」ならぬ「竹輪の友」なら馬鹿話をして気を紛らせることもできそうだが、どうせ空廻りするだけだろうと思うと気が重くなってしまう。

いっそ相談客なら仕事と割り切って打ちこめるのだがと、口にするのも億劫《おっくう》なので目顔で示して仕事場を出た。甚兵衛と常吉は、いつものことなので心得ている。

境の柴折戸を押して母屋の庭に入った信吾は、そのまま固まってしまった。表の八畳座敷に、いるはずのない人物の姿があったからだ。

「逆虎さん……」

辛《かろ》うじて名を呼んだもののあとが続かない。目のまえに逆虎がいるということは、林屋の誠三と同一人物ではなかったのだ。それがわかって、信吾は全身から力が抜けていくような感覚に囚《とら》われた。

「まさかと思いましたが、波乃さんのおっしゃったとおりになりましたね」

逆虎にそう言われた波乃が、おおきくうなずいた。

「ご覧なさい、石か木みたいに固まってしまったでしょ」

「飴《あめ》喰って痔《じ》固まる」

波乃の「固まって」に、信吾は辛うじてというか、破れかぶれに反応していた。ところがそう言ったことで、普段の状態にもどれたのである。

「なんですか、それ」

逆虎に訊かれても、すぐに答えることができた。

「諺《ことわざ》崩《くず》し、またの名を諺壊し。竹輪の友とやっていた言葉遊びですがね」

「わかりません。あたしにわからないのだから、逆虎さんにしたら」

「ちんぷんかんぷん」

まさに訳のわからぬを絵にしたような顔、と言ってもますますわからないだろうか。

「それより信吾さん、突っ立っていないでおあがりなさいよ。お客さまに失礼でしょ」

「いや、客より友にしてください」と、逆虎が真顔で言った。「信吾さんは波乃さんのことを、ちょっと変わった女ですとか、呆れられるでしょうなんておっしゃいましたね。わたしに言わせれば夫唱婦随、この夫にしてこの妻あり。まさに似たもの夫婦ですよ」

「逆虎さんにまで言われましたか」

信吾は波乃が用意した座蒲団に坐った。

「えッ、どういうことですか」

逆虎と波乃のまえには、おなじものが拡げられていた。押上村の偽婚礼の瓦版であった。

つまり逆虎はそれを見せに来て、波乃もまたおなじ瓦版を取り出したということだ。となると波乃は信吾を鈴で呼ぶまえに、かなりの遣り取りをしていたのだろう。

「祖母には破鍋《われなべ》に綴蓋《とじぶた》と決め付けられましたが、何人の人に似たもの夫婦と言われたことだろうか」

「でしょうね。似たもの夫婦番付ってのが出たら、お二人はまちがいなく東の大関ですよ。それはいいですが、わたしには訳のわからぬことばかり。諺崩しに竹輪の友。一体なんですか。竹馬の友じゃないんですね」

信吾は簡単に竹輪の友の謂《い》われを話し、かれらとの言葉遊びの一つが、諺崩しだとか諺壊しだと説明した。

諺の文字を少し変えるだけで、まったくべつのものにしてしまうのである。変える部分は少ないほどよくて、意味がまるっきり変わるか、壊れ方がひどいほど上出来だと評価された。

「飴喰って痔固まるは中でも傑作でしてね。飴は食べるアメで、ジはヤマイダレに寺と書く、とても痛いと言われている病気です」

「となると、作者は竹輪の友のだれかではなくて信吾さんですね」

「傑作だなんて言ったので照れますが、そのとおりです。でもわたしも竹輪の友の一人なんですよ。もとの諺は『雨降って地固まる』ですけれど、お気付きですか。変えたのはたった一字です。アメフッテジカタマルとアメクッテジカタマル。ね、フとクしかちがわないんです。ところが意味はまるっきり」

「なあるほど。そういう遊びを真剣にやられたんですね、信吾さんは。それが相談屋の仕事に、活《い》きているということなんだ」

「だといいのですが、どうでしょうか。ほかに八字熟語なんてのもやりました」

「四字熟語ではなくてその倍ですか」

「四字熟語を二つ繋げるのですが、むりにそうしなくてもいいのです。四字と四字でも、四字と二字の語二つでも、とにかくくっ付けて、熟語ふうに見せればね。これも諺崩しとおなじで、意味がまったく変わるか、壊れてしまうほどいいのです」

「どんなのがありますか」

「若いころ夢中になりましたが」

「だって今、二十一歳でしょ。ああ、もっと若いころってことですね」

「ほとんど忘れてしまいましたけれど」と言ってから、信吾は少し考えた。「思い出しましたよ。呵々《かか》大笑餓鬼大将、これは良くないな。驚天動地酒呑童子《しゅてんどうじ》、読みが似通っているだけで、あまり芸がないですね」

「傍若無人蒟蒻《こんにゃく》人参」

波乃があまり自信なさそうに言った。

「あ、いいなあ。波乃、それいいよ。読みは似てるけど、まるっきり関係ないのがくっ付いているから、妙におかしい」

「暴飲暴食荒淫好色。これは駄作ですね」

言っておきながら逆虎は直ちに否定した。

「いや、逆虎さん、けっこうな出来ですよ。ただすぐに漢字が浮かんできませんね。考えないと意味がわかりにくいのが、弱点かもしれません。あ、思い出しました。昔作って評判がよかったのを」

真顔で逆虎と波乃に見られて、信吾はさすがにきまりが悪かった。遊びなのだから、笑いながら聞いてくれなくては困る。

間をおいてから一気に言った。

「以心伝心火事親父《おやじ》」

一呼吸あって波乃が、続いて逆虎が手を叩いた。

「決まった感じで、納まりがいいですね」

逆虎はすっかり感心している。

「それよりも、逆虎さんがお見えになられたのは」と、信吾は畳に拡げられた二枚の瓦版を示した。「もっと大事な話があったからではないですか」

「おっと、そうでした。押上村での騒動ですけれど、慶庵が武家娘を商家に世話しましたね。信吾さんがおっしゃったとおりになったので驚きまして、早くお会いしたかったのですが、なかなか都合が付かなくて。それで今日、ようやく」

「そうでしたか、実はわたしたちは」

「そのことでしたら」と、波乃が言った。「もう、お話ししましたよ」

つまり、三百両を騙して持ち逃げした林屋の誠三と、本名も住まいも明かさぬ偽名の逆虎が同一人物と二人が思っていた、いや、波乃はともかく信吾がそう睨《にら》んでいたことを、である。

「逆虎さん、すみません。極悪人の林屋の誠三は、どうこねくりまわしても、逆虎さんだとしか思えなかったのです。どこから考えても、正面だけでなく、裏から、横から、斜めから考えてもね。そうじゃないと思いはしても、あまりにも」

「では、一時的だったとしても、わたしではないと思ってくださったんですね」

「一度お会いしただけですが、悪人だと思えないというか、悪の臭いがしないのですよ。あれこれ突きあわせれば、同一人物としか考えられないのにね」

「だからわたしを見て、石か木のように固まってしまったのですね。牢屋に入っているはずの極悪人が、自分家《かいち》の座敷に坐ってたものだから。だけどそれをお聞きしただけでも、今日お邪魔した甲斐がありました」

「今だから笑えますが、ついさっきまでは」

「わたしが信吾さんを、元町に呼び出した日がまずかったのですね。十日か半月、早いか遅いかすれば、こんなことにはならなかったでしょう。それに瓦版が出てすぐ来られたらよかったのですが、それができなかったため、お蔭でお二人は悶々《もんもん》となさった」

「ええ。それに、あれこれ惑わされました」

ほう、どうして、という目で逆虎が信吾を見た。

「謎が多すぎましたからね」

「謎と申されますと」

「逆虎という偽名もそうですが、一番悩んだのは、手付としていただいた三両を、足代と思ってもらえればいいと言われたことです」

「申し訳ありませんでした。わたしは人に聞いたり瓦版で読んだりして、信吾さんとは一体どんな人なんだろうと思いましてね。そうなると知りたくて、どうにも我慢がならなくなったのです。あれこれ考え、瓦版で大騒ぎになった女房喰い殺しのことを訊くことにしました。考え方がわかれば、どんな人物か判断できますからね。ところがちょっと訊いただけで次々と返ってきましたから、正直言って驚かされました。困ったのはお礼で、どうすればいいか、またいかほどかわかりません。それで三両を用意して、苦し紛れに足代のつもりで、なんて言ってしまったのですよ」

「それに瓦版では、林屋の誠三は借金で首が廻らず、家屋敷を手放すしかなかったとありました。となると、借金だらけの誠三があの三両をどうして工面できたのかわからない」

「たしかに謎ですね」

逆虎のことなのに、本人がそう言ったことがおかしかったらしく、波乃は噴き出してしまった。懐から手巾《しゅきん》を出して、急いで口許を押さえた。

「さあ、ことだ」

「なにがでしょう」

「逆虎さんのせいですよ」

「えッ、なにがですか」

「波乃は、とてもまともとは思えない笑い上戸《じょうご》でしてね。一度噴き出すと、箍《たが》が外れて歯止めが利かなくなってしまうのです。そのまま元にもどらなくなったら、逆虎さんに責任を取ってもらわねばなりません」

　信吾がまじめな顔で言ったものだから、波乃は納まりが付かなくなり、二人に背を向けてしまった。必死になって笑いを堪えているだけに、肩がおおきく震え続けて、いっかな収まりそうにない。

　逆虎の困惑顔がおかしく、遂には信吾も笑いを堪えられなくなった。笑う二人に戸惑ったようだが、やがて逆虎も笑い始めた。

　波乃が謝りながら、またしても笑ってしまうことがあったりもしたが、それでもなんとか収まると、逆虎が真剣な顔になって信吾と波乃に言った。

「こうなりますとわたしとしてはなんとしても、友人の列に加えてもらわねばなりません。となると、まずは相談事を持ちこんで、解決してもらわなければ」

「それはおかしいですよ、逆虎さん」

　波乃がそう言ったので信吾も同意した。

「そうですよ。悩みとか迷いは、止《や》むを得ず生じてしまうもので、自分で作ったりむりに持ちこんだりするものではないでしょう。それに、もうわたしたちは友人同士ではないですか。こうして三人で楽しく、お話をしているのですから」

「それをさらに強固なものにするため、わたしはなんとしても相談事を持ちこみます。しかしわたしが持ちこむ以上、生易しくありませんよ。めおと相談屋さんが七転八倒するような難問を持ちこみますから、覚悟しておいてください」

笑い上戸の波乃や、冗談と駄洒落が家風の信吾に対抗するため、わざと大袈裟《おおげさ》な言い方をしているのだろうと信吾は思った。

金龍山浅草寺《きんりゅうざんせんそうじ》弁天山の時の鐘が七ツ（四時）を告げ、そろそろ将棋客たちが帰るという時刻まで、三人の話は弾んだのであった。

信吾二《に》人《にん》

一

最後の将棋客が帰ると、信吾と常吉は将棋盤と駒を拭き浄《きよ》める。一度、客がいるうちに常吉が始めたので、出て行けと催促されているように感じるだろうから、少し待つようにと注意したことがあった。

その日は比較的早く終わったが、いつもは手伝ってくれる甚兵衛も、用があるとかで早々に姿を消していた。片付けを終えた常吉が、番犬「波の上」の訓練を始めようとしたとき格子戸が開けられた。

「邪魔するぜ」

「いらっしゃいませ。お珍しいですね、天眼さん」

顔を見せたのは瓦版書きであった。天眼は大抵、一升徳利《いっしょうどっくり》を提げてやって来る。将棋には興味を示さず、あらぬ方向を見ながら黙ってぐびぐびと飲んでいて、いつの間にかいなくなっていることが多かった。

これほど遅い時刻に来たのは初めてである。

信吾は天眼が、将棋客たちの雑談から瓦版のネタを探しているのかもしれないと思ったこともあった。しかしもともと勝負中は、将棋に関する呟《つぶや》きやボヤキが漏れるくらいで、纏《まと》まった会話にはならないことがほとんどだ。それに、天眼や岡っ引の権六親分が来ているときには、客たちは差し障りのない世間話しかしない。

手ぶらだということは、飲みたいのに懐が不如意ということだろうか。

信吾が常吉に、母屋に行って一升徳利を持ってくるように命じると、天眼はニヤリと笑って上《あ》がり框《がまち》に腰をおろした。いつもそうだが、座敷にあがることはない。

「気が利くじゃねえか」

「飲んでいない天眼さんは、天眼さんらしくありませんからね」

「まあ、今日は酒を出してもらうだけの値打ちはあるだろうがな」

「おや、なんでしょう」

訊《き》いたが天眼は答えない。話すのは酒を飲んでからということだろうか。

母屋とは仮に言っているだけで、将棋会所「駒形」の隣に借りた借家であった。信吾と波乃が住んでいるから母屋、将棋会所を仕事場と区別しているだけのことだ。庭の生垣に柴折戸《しおりど》を取り付けたので、自由に行き来できるようになっている。

常吉はすぐにもどると、紐《ひも》で縛った徳利を「よっこらしょ」と上がり框に置き、その横に湯呑茶碗《ゆのみぢゃわん》を置いた。

「てまえは波の上を仕込みますので、なにかあったら呼んでください。では天眼さん、ごゆっくり」

常吉が格子戸を開けると、待ち受けていたらしい番犬がひと声「ワン」と吠《ほ》えた。

波の上を訓練すると言っているが、大したことをする訳ではない。「待て」「お座り」「お手」などを教え始めたばかりである。犬は主人に認められるのが一番うれしいので、ちゃんとできたら褒めてやるといい。そして時折、褒美になにか食べるものをやれば早く憶《おぼ》えると言っておいた。

信吾が徳利の詰め栓を抜いて酒を注《つ》ぐと、天眼はゆっくりと口に含んだ。

「極上じゃねえか」

酒飲みだけあって味はわかるようだ。下り酒のいいのが入ったのでと、東仲町《ひがしなかちょう》で会席と即席料理の宮戸屋《みやとや》をやっている母の繁《しげ》が、弟の正吾《しょうご》に持たせたものであった。

おまえもどうだ、などと天眼は訊かない。信吾も新年の会所開きなど特別な場合を除いては、仕事場では飲まないことにしていた。

最初のひと口をじっくりと味わうと、天眼は茶碗の残りを一気に飲み干した。信吾が茶碗を満たすと、いつものようにぐびぐびと飲み始める。

話があるらしいのだが、一向に喋《しゃべ》る気配はない。だが、信吾は心得ているので黙って待っていた。

「信吾ってのは、商人らしくねえ名だな」

なにを言い出すのだろうと思ったが、いくらか警戒気味に、しかしさりげなく受けた。

「そうですかね」

「信吾」

「はい」

「おめえを呼んだんじゃねえよ。信吾とくるとだな、いかにも若い侍《さむれえ》みてえじゃねえか」

「父は名付け親の巌哲《がんてつ》和尚に、商人らしくないかもしれんが、悪い名ではないと言われたそうです」

「坊主がそう言ったってことは、商人らしくないとの思いが、親父さんの顔に出たからだろうな」

「そうかもしれませんね」

なにが言いたいのかわからないので信吾は慎重に受けた。天眼はなにも言わず黙々と飲み続けた。「今日は酒を出してもらうだけの値打ちはあるだろう」と言ったからには、信吾が知りたいこと、あるいは知っていたほうがよい話だ、との意味にちがいない。しかし短い遣《や》り取りからは、まるで見当が付かなかった。

「あ、すみません」

謝ったのは、天眼が手酌で飲んでいるのに気付いたからである。ぼんやりと考えていたらしい。

「いや、自分でやるほうが落ち着ける。注がれると、急《せ》かされているようでな」

天眼は相当に飲むのだが、いくら飲んでも顔が赤くなることはなかった。ほとんど変化がなく、むしろ蒼白《あおじろ》くなる。

「巌哲は侍だった」

随分経《た》ってから天眼が洩《も》らしたが、べつに驚くほどのことではなかった。やはりそうだったのかと思っただけだ。

信吾は巌哲に護身のため棒術、体術、さらには剣術と鎖双棍《くさりそうこん》を教えてもらっている。だから侍ではないかと思ったのではなく、話の節々を繋《つな》ぎあわせると、武家だったとしか考えられなかったのだ。

ある日、和尚を訪ねると、信吾を一瞥《いちべつ》しただけで「鍛錬を怠っておらぬようで安心したぞ」と言われた。信吾はさまざまな術を勝負形式で教わっていたが、その日はまだなにもしていない。だから、なぜそう言われたのかわからないと正直に言った。

「手を見れば一目瞭然」

人差し指と中指の二つ目の節、その内側少し下に胼胝《たこ》ができている。稽古に励んでいるか怠けているかは自然とわかる、とのことであった。信吾は毎夕食後、欠かすことなく木刀の素振り、棒術や鎖双棍の型や連続技を鍛錬していた。

言われて見たのだが、わずかな変化でしかなかった。それを巌哲は一瞥して見抜いたのだ。ただの僧侶に、そんなことができるとは思えない。

「和尚さまはお武家だったのでしょう」

「なぜにそう思う」

訊かれて信吾はこれまで感じていたことを並べて、だからお武家であったとしか思えないと言った。

「愚僧がもと武士であればどうなのだ」

どうと問われても困ってしまう。信吾がそんな気がしたというだけのことなのだ。

言葉に詰まった信吾に巌哲は言った。そういうことは軽々に問わず、心の裡《うち》で思うだけにしておけ。穿鑿《せんさく》しても意味がないし、人を見る目を曇らせる。人に接するときはなにもかも取っ払って、その人物だけを見ることが大事だと言われた。

まさにそのとおりだと思うようになったのは、相談屋の仕事で多くの人に接するようになってからであった。相談客は意識してかどうかはべつとして、驚くほど素顔を見せないというか、自分のことを隠そうとするからである。でありながら悩んでいる問題を解決してもらいたいのだから、相談料を払うにしても随分と自分勝手だと思わざるを得ない。

まず住所、名前、商売、屋号は伏せたままでも相談に乗ってもらえるかと、ほとんどの客が訊く。問題解決にどうしても必要でないかぎり、信吾も不問にして進めている。問題が解決すると、名前や屋号を打ち明けてくれる者もいるが、そう多くはない。相談屋のあるじは客の秘密は絶対に洩らさないが、わかってはいても、万が一を考えてだろうが秘密にするのである。その最大の武器が言葉で、実に見事に知られたくないことを隠蔽してしまう。

天眼がゆっくりと湯呑茶碗を置き、信吾に目を向けた。

「驚かぬようだな」

「いえ、そんなことはありません」

それよりも天眼はなぜそれを知ったのだろう、とそちらが気になった。

権六親分によると天眼は、南か北かは知らないが町奉行所の同心だったとのことだ。それもかなりの切れ者として知られていたが、あるとき問題を起こして辞めざるを得なかったらしい。

今は瓦版書きをやっていて、仲間内ではちょっとは知られた存在のようだ。ある出来事があって信吾に話を訊きにきた同業が、「天眼が絡んだんじゃ、あとはぺんぺん草も生えねえや」と言ったことがある。

気になるのは、どういう事情があって天眼が巌哲のことを調べたのだろうか、ということであった。まさか和尚がよからぬことに荷担しているとは思えないが、天眼が興味だけで調べたとは考えにくい。

探索に関して言えば天眼は本職である。瓦版書きとして力を発揮しているのも、同心時代に使っていた岡っ引や下っ引連中から、情報を得られるからだろう。その天眼が言ったとなると、巌哲が武士だったことはまちがいないはずである。

「なんでえ、関心ねえようだな」

「そんなこともありませんが」

「あの男はちょっとした事情で、女房と息子を亡くしてな。それで世をはかなんだかどうか知らんが、坊主になったらしい」

「そうでしたか」

「女房の名が涼《りょう》」

信吾にはリョウと言われても、どんな字か見当も付かなかった。

「息子の名が信吾」

思ってもいなかったのでさすがに驚いたが、なんとか顔に出さずにすんだ。相談屋を始めて一年半ほどのあいだに、自然と身に備わった技であった。

相談屋と客はさりげなく相手の表情に注意しているし、ときには声をおおきくするとか、思い掛けないことを言って反応を見ることがある。そのため常に平静を保ち、感情を顔や声に出さぬようになったのだろう。

天眼が喰《く》い入るように見ているのがわかったが、そんなことはどうでもよかった。そうだったのか、と納得できた部分があったからである。

波乃と夫婦になって巌哲に挨拶に行ったとき、謎めいたことを言われたが、それが一気に解けたからだ。

巌哲は短い遣り取りで波乃の良さを見抜いたらしく、よき伴侶を得たと喜んでくれた。それにしても信吾は運が強いと強調してから、巌哲はこう続けたのである。

「わずか三歳にして、三日三晩も高熱に苦しめられながら、奇跡的に生還したほど強運の持ち主だ。なぜなら、もう一人の運を背負っておるからな。つまり二人分の運に守られておるところに、波乃どのという強い運が重なった」

もう一人の運を背負っていると言われた意味が理解できなかったが、横に波乃がいたので訊かないままになっていた。

妻子を喪《うしな》って世をはかなみ出家した巌哲が、名付け親になってもらいたいと檀家の正右衛門《しょうえもん》に頼まれたとき、その男児に自分の息子の名を被《かぶ》せたことは十分考えられる。

信吾の大病のあとで正右衛門は、迷った末に巌哲に改名を相談した。命名がよくなかったのではと言うに等しいので、激怒するかもしれぬと恐れながら、である。

だが巌哲は、信吾という名が強運だから生還できたのだと言い切った。今後は大病することはなかろうと断言したが、たしかに信吾は病気らしい病気をしていない。時折、記憶が消えることもあるが、これまでは大過なくやってこられた。

天眼は黙ったまま手酌で飲み続けている。

「驚かなんだな」

「いえ、驚きました」

「それだけか」

「と申されますと」

「もっと知りたいと思わぬか。巌哲が出家した経緯《いきさつ》とか、信吾のことをだが」

「和尚さんが亡くされた子の名が信吾だとわかっただけでも、てまえにとりましては十分すぎるほどです。教えていただいて、本当にありがとうございました」

心の裡を見せることのない天眼にしては珍しく怪訝《けげん》な色を浮かべたが、かなり信吾の目を注視してから、視線を湯呑茶碗に移すと薄く笑った。

「よかろう」と、茶碗の酒を呷《あお》った。「知りたくなったら言いな。信吾ならいつでも話してやるからよ。これくらい上等な酒を飲ませてくれりゃってことだがな。邪魔をした」

湯呑を上がり框に置くと天眼は立ちあがった。そしてゆっくりと、しかしたしかな足取りで、日光街道の方へと歩いて行った。

わずか四半刻《しはんとき》（約三〇分）ほどであったが、天眼は一升の酒を飲み切っていたのである。徳利にも茶碗にも、一滴の酒も残ってはいなかった。

二

食事の用意ができたと大黒柱の鈴に合図があったので、信吾と常吉は戸締りをして母屋に移った。

「今日は奮発して鮎《あゆ》にしましたからね。魚勝《うおかつ》さんがいい鮎が入ったので、いの一番にこちらにお持ちしましたって」

波乃がそう言うと、モトはちいさく首を振った。

「棒手振《ぼてふ》りは買わそうとして口が上手ですから、騙《だま》されてはいけませんよ」

「でも、一番にお持ちしましたと言ってくれる気持が、うれしいじゃないですか」

平皿に配された串焼きの鮎は、泳いでいるときのように体を少しくねらせている。鰭《ひれ》には化粧塩が白く残り、色どりに添えられた芽生姜《めしょうが》の色が鮮やかだ。

四人は「いただきます」と両手をあわせてから箸を取った。

「これはおいしい」

「モトに教えてもらって、お腹《なか》をきれいにしてから焼きましたから」

「お腹をきれいにって」

信吾の疑問に答えたのはモトであった。

「鮎の腹を鰓《えら》の下から尻尾のほうへ押さえていって、腸《はらわた》の糞《ふん》、あら、お食事中にごめんなさい。ですから、それを押し出しただけのことです。波乃奥さまは、おっしゃりようが大袈裟《おおげさ》ですから」

「それって、京ふうなのかい」

信吾が訊くと、モトはちょっと考えてから言った。

「宮戸屋さんだって、そうしていると思いますよ。もっともそのまま焼いて、ほろ苦さがなんとも言えないって方もいらっしゃるようですけどね。鮎は川底の石に生えた藻か苔のようなものを好んで食べるので、それが苦味になるのだと思います」

「そのまま焼くのは、京ふうではないってことだね」

波乃の実家の楽器商「春秋堂《しゅんじゅうどう》」の何代かまえの先祖は、京の老舗楽器商で修業したとのことだ。独立して江戸に出、阿部川町《あべかわちょう》に見世を出したが、奉公人もすべて京都か近江《おうみ》の出身者ばかりであった。

そのためか料理の味も京ふうである。当然だがモトも京ふうで、モトの教えを受けている波乃も京ふうということだ。

信吾との婚儀が急に決まったので、波乃は花嫁修業が間にあわなかった。礼儀作法や縫い物は問題なかったし、花も活《い》ければ琴も弾じた。だが料理があまりできなかったので、それを教えるのと身の廻《まわ》りの世話という名目で、両親がモトを付けて寄越《よこ》したのである。

京料理は総じて薄味だが、味が薄いというよりは食材の持ち味を活かすように心掛けて、味付けに気を配るので自然と濃くはならないのだろう。鮎の塩焼きも苦味が鮎の爽やかさを損ねぬように腸を浄め、体表のぬめりを落としてから串を刺して焼いたということだ。

話を聞いたからというのではないが、信吾は味も香りも十分に楽しむことができた。

食事を終えると、常吉はモトが用意した番犬の餌を入れた皿を持って将棋会所にもどり、信吾と波乃は八畳間に移って茶を飲んで話すことが多い。

「お食事のあいだ、なんだかとても楽しそうでしたね」

波乃がそう言った。わずかな変化でも感じ取る力を秘めているので、信吾もすなおに話すようにしている。

食事をしながら信吾は、波乃を初めて巌哲和尚に会わせたときのことを思い出していた。そして懐かしさとほのぼのとした温かさに、胸の内が満たされるのを感じていたのである。

「巌哲和尚に初めて会ったとき、波乃は睨《にら》めっこしただろう」

「睨めっこだなんて、そんなことをする理由も余裕もありませんでしたよ」

信吾が二人を紹介すると波乃は両手を突いて深々と頭をさげ、「波乃と申します。どうかよろしくお願いいたします」と挨拶をした。ところが巌哲は腕組みをしたままで、なにも言わなかった。和尚は太い眉におおきな目をしているが、その目で無言のまま見据えていたのである。

「あのとき波乃が目を逸《そ》らさないので驚いたけれど、和尚のおおきな目で見られて、逸らすに逸らせなかったのかな」

「初めて会ったお坊さんが、これほど真剣な目で見詰めるのは、あたしが信吾さんにふさわしいかどうかを、見極めようとしてると思ったからです。名付け親と子は特別な関係で、生涯のお付きあいになるのでしょう」

「ときと場合によっては、実の親よりも親密だと言われてる」

「だからあたし、認めてくださるかしらってびくびくものでした」

「それでしばらくして俯《うつむ》いたというか、視線を落としたのか」

「だってあれ以上見続けては失礼ですもの」

劇的だったのはそのあとだった。

俯いていた波乃は、顔をあげるとふたたび巌哲を正面から見て、こぼれるような笑いを浮かべた。すると和尚の顔にも、じわーッと笑みが拡がった。

そして巌哲は信吾に言ったのである。

「おまえが選んだだけのことはある」

続いて波乃に言った。

「ようもまあ、家の者の反対を押し切って信吾を、この訳のわからぬ、捉えどころのない男を生涯の伴侶に選んだものよ」

「和尚さま。ありがとうございます」

「礼を言われる覚えはないが」

「訳のわからぬ、と、捉えどころのない、を、いい意味で使ってくださいました」

言ったことを瞬時に良いほうに解釈した波乃を、巌哲はこれぞ信吾に最適の嫁だと思ったらしい。その遣り取りがきっかけで、二人はすっかり打ち解けることができたのであった。

「あのときの巌哲和尚はまるではしゃいでいるとしか思えなかったけれど、その理由がわかったんだよ」

「それで食べながら、にこにこなさってたのね」

「常吉に酒を取りにやらせただろう」

「天眼さんがお見えになったのでしょう」

「巌哲和尚のことを教えてくれたんだけどね、今から話すことはだれにも秘密だよ」

「はい、わかりました」

「和尚さんはお武家だった。……あれ、驚かないね」

「あたしも、そうじゃないかと思ってましたから。言葉遣いだけでなくて、目の配りなんかも」

波乃の実家がある阿部川町は、南側こそ旗本屋敷が並んでいるが、東西だけでなく北も寺に囲まれている。篠笛《しのぶえ》や胡弓《こきゅう》を楽しむ坊さんが春秋堂にやって来るらしい。だから僧侶と接する機会は多いが、巌哲はいわゆるお坊さんとはまるで雰囲気がちがうそうなのだ。

「詳しいことは知らないけれど巌哲和尚はもとお武家で、奥さんと息子さんを亡くして、世をはかなんで出家したらしい」

武士が僧侶になるくらいだから、妻子の死因が病気や事故であったとは思えない。どの藩か、それとも直参の旗本か御家人かはわからないが、出家するからには相当深刻な事情があったはずだ。

御家騒動とか勢力争いに巻きこまれた、という気がしてならないのである。それも罠《わな》に嵌《は》められるとか、信頼していた者に裏切られたなどという、よほどの事情があったのではないだろうか。

天眼は、ちょっとした事情で女房と息子を亡くしたと言った。詳しいことはわからないが、口調からすると妻と子を同時に亡くしたという気がする。そうでもなければ、武士を捨てて僧侶になるとは考えにくい。

「亡くなった和尚さんの息子さんの名前が」

「あッ」と、波乃はちいさな声をあげた。「信吾さん、だったのね」

波乃の勘の鋭さに驚かされたことは何度もあるが、今回もまたそうであった。

「なぜ、そう思ったんだ」

「お食事のとき、にやにや、じゃなかった、なんだかうれしそうな顔をしてたでしょ。その訳を訊いたら、あたしを和尚さんに紹介してくれたときの話になりました。それから和尚さんがはしゃいでいるように見えたのを思い出して、と話が移り、天眼さんがお見えになったと」

「そういうことだ」

「奥さまと息子さんを亡くされ、世をはかなんでお坊さんになったって、天眼さんが教えてくれましたね」

「そのとおり」

「だとすれば変です」

「なにがだい」

「お世話になっている和尚さんの奥さまと息子さんが亡くなったことがわかったのに、

信吾さんがうれしそうな顔をしているのは、いくらなんでも不謹慎ではないでしょうか」

「なるほど。だけどそれはずっと昔のことだよ。わたしが生まれてからでも二十一年が経っているけれど、それより十年以上まえのことだろうね。出家したからといって、すぐ住持になれる訳ではないから」

「では不謹慎でないことは認めます。だけど天眼さんが、わざわざ将棋会所に来て教えてくれたのでしょう。となると、巌哲和尚がお武家だったというよりも、息子さんのお名前が信吾さんだとわかったから、天眼さんはそれを教えたかったにちがいないと思ったの。名付け子に亡くなった自分の子供の名を付けた。だから和尚さんは可愛《かわい》がってくれるんだなあって、信吾さんは納得できたのです」

「ご明察。和尚さんは優しいけれど、とても厳しい一面もある」

「親子同然ですものね」

「親子同然か」

「天眼さんはもっと詳しく教えてくれなかったのですか、巌哲和尚さんの息子さんの信吾さんについて」

「そのために天眼さんは来たんだろうね。だけどわたしにすれば、それだけわかれば十分だった」

「だって、知りたいことは一杯あるんでしょう」

「もちろん。でも、天眼さんから聞くべきじゃない。聞くなら巌哲和尚からでなくてはならないけれど、和尚がそんなことを話す訳がない。和尚さまはお武家だったのでしょうと訊いたときだって、そういうことは軽々に問わず、心の裡で思うだけにしておけと言われたからね。父さんが和尚さんに名付け親になってほしいと頼んだら、和尚さんは自分の息子の名を付けてくれた。わたしはそれがわかっただけで十分なんだ」

「羨ましい」

「なにがだい」

「信吾さんには、お父さんが二人いるんですもの」

「二人の父親か。たしかに恵まれてるね。そう言えば和尚さんはいろんなことを教えてくれたし、父さんに話せないことなんかも相談したな。相談屋を始めようと思ったときも、父さんではなくて巌哲和尚に相談したんだよ。もっとも宮戸屋を継がないということだから、父さんに話せば頭から反対されるのがわかっていたからだけどね」

「それで和尚さまは」

「遣り甲斐《がい》はあるが、相当に難しいと言われた」

「和尚さんのおっしゃったとおりですね。あたし信吾さんのお手伝いを始めたばかりですけど、この仕事は本当に難しいと思います。だって一人一人、みんなちがうんですもの」

「だから相談屋が必要なんだよ。悩みの型が決まっているなら、それぞれに当て嵌めて解決できる。だけど、悩みはさまざまな事情や、その人の立場、それを取り巻く状況などがちがうから、一様には行かない。その微妙なところを見抜いて、うまく処理するのが相談屋の仕事だからね。だから遣り甲斐があるけれど、難しいんだよ。それだけに、客の悩みを解決できたときには喜んでもらえるし、自分もうれしくてならない」

「となるとやはり、なぜ和尚さんが亡くなった自分の息子さんの名を、信吾さんに付けたか知りたいな」

「だけどそれは和尚には訊けないし、訊いても話してくれないだろうね」

「ご両親や咲江《さきえ》おばあさまから、信吾さんはそのときのことをお聞きになったのでしょう」

「ああ」

「もう少し詳しく知りたいと言えば、思い出してくれるかもしれませんよ。人はちょっとしたきっかけで、忘れていたことを思い出すことがありますから」

「わざわざ宮戸屋に出向いて父さん母さんにそんなことを訊いたら、なにがあったんだ、なにを考えてるんだと思われる」

「ご両親には」

「巌哲和尚の話を聞いたのは二人だよ」

「もう一人おいででしょう」

「おばあさまかい」

「信吾さんが出向かなくても」

咲江は近くに用があったからとか、通り掛かったついでにと言って、黒船町の借家にやって来る。お客さまにお菓子や果物をいただいたからお裾分けよ、などと言うこともあった。なにかと理由をつけては来るのは、波乃と話したいからだと信吾は思い、波乃はその逆だと思っている。ともかく三日にあげず顔を出すのだった。

やって来た咲江に訊くのであれば、こちらから出向くのではないから、不自然にならないと波乃は言いたいのである。

「しかし二十一年も、病気にしたって十八年もまえのことだからなあ。細かなことまで憶えているだろうか」

「お年寄りは最近のことは忘れても、昔のことはよく覚えていると言いますから」

「そうは言うけどね」

とは言ったが、祖母が来たら大黒柱の鈴で教えるようにと、信吾は波乃に頼んだのである。

三

「なぜわたしを信吾と名付けたかを、巌哲和尚はこうおっしゃったのでしょう」

そう前置きして信吾は咲江にたしかめた。もちろん、波乃もいっしょである。

「吾は信ずる、吾を信ぜよ、の意でもありますな。また信は真《まこと》の音《おん》に通じるので、吾は真なり、ともなります。信は神仏、吾は加護に通じるゆえ、神仏の加護を受けられるように、との願いをこめて命名いたしましたのじゃ」

「よく憶えてるわね」

「父さんからも母さんからも、もちろんおばあさまからも、何度も聞かされましたから」

「もともと信吾は、もの憶えのいい子ではあったけれど」

祖母が黒船町の借家にやって来たのは、来たら大黒柱の鈴で合図するようにと波乃に頼んでおいた翌日の、八ツ（午後二時）を四半刻ほどすぎたころであった。

浅草広小路に面した東仲町の会席と即席料理の宮戸屋の客入れは、昼が四ツ（十時）から八ツ（二時）、夜が七ツ（四時）から五ツ（八時）となっている。祖母が顔を見せるのは四ツまえか、八ツすぎから七ツまえになることが多かった。

鈴で知らされた信吾が、将棋会所の庭から柴折戸を押して母屋の庭に移ると、咲江と波乃は表座敷の八畳間で茶を飲みながら談笑していた。

「おや、いらっしゃい。来てたんですね」

たまたま用があって母屋に顔を出した、というふうに信吾は祖母に話し掛けた。

「ちょっと近くを通り掛かったもんだから」

これが祖母の決まり文句だ。

「いただき物をしちゃいました」

波乃が膝横に置かれた菓子折を目で示した。

「いつもすみません」

さりげなく話に加わったのだが、いざとなるとなかなか切り出しにくかった。

巌哲和尚に名付け親になってもらったときのことを訊けば、もしかすれば思い掛けないことを思い出してくれるかもしれないと波乃は言った。だがいざとなると、どんなふうに訊いても、取って付けたようになってしまう気がする。

気を利かせた波乃が話を名前のほうに誘導したので、そう言えばというふうに話題を変えたのだが、やはりぎこちなくなってしまった。

「まるで声色《こわいろ》みたいだね。間の取り方なんか、まるで巌哲和尚だよ。信吾にそんな芸ができるとは思ってもいなかった」

咲江がそう言ったので気が解《ほぐ》れ、話しやすくなった。

「それより、ちょっと変だと思いませんか」

「なにがだい」

「神仏の加護が受けられるようにと言って並べた理由は、どれもまるで牽強付会《こじつけ》じゃないですか。なんだか反対されないようにって、いろいろ言葉で飾り立てたみたいな気がしませんか」

「名付け親の付けた名前に、反対する人なんていないけどね」

「だったら、名は信吾です、とか、信吾と命名しました、だけでいいと思うな」

「いかに考え抜いた名であるかを、言いたかったのではないかしら」

「どうしても信吾としたかったという、理由があるような気がしてね」

咲江がじっと見詰めたので、やはり祖母はなにか知っているようだ、と信吾は思った。ところが咲江は、見当ちがいなことを言ったのである。

「信吾って名が気に喰わないのかい」

「そんなことはありませんよ。大好きです。だから相談屋と将棋会所を始めたときも、名を改めずに信吾で通してるじゃないですか」

商人も武士の元服のように、小僧から手代になるとき商人らしい名に改める。信吾の場合は父の正右衛門が料理屋のあるじなので、見世を継いだときに改名するはずであった。しかし独立したため、ときがくれば弟の正吾が正右衛門になって、父は隠居名を名乗ることになる。

信吾の場合は、それまでの江戸の町にはなかった相談屋を開業し、それだけでは生活できないので将棋会所を併設した。つまり真っ当な商人の埒《らち》を外れたため、信吾で通すことにしたのだ。気に喰わない訳がない。好きなればこそ改名しなかったのである。

咲江は信吾と波乃を交互に見てから、満面に笑みを湛《たた》えた。

「そうか、和尚さんに名付け親を頼もうってんだね。もしかすると、あれかい」

「えッ」

思わず声を上げて信吾と波乃は顔を見あわせた。如月《きさらぎ》の二十三日に、二人は武蔵屋彦《むさしやひこ》三郎《さぶろう》夫妻の仲人で仮祝言を挙げていっしょに住むようになった。弥生《やよい》の二十七日に波乃の姉の婚礼があったが、信吾たちはそのおよそ二ヶ月後に披露目の式をすませて、正式の夫婦となったのである。

「するとおばあさまは、もしかして」

そう言った波乃は真っ赤になって、袂《たもと》で顔を覆った。それを見て信吾は気付いたが、いっしょに暮らすようになってから三月《みつき》以上がすぎている。祖母は波乃が懐妊したと勘ちがいしたらしい。

「なにも恥ずかしがることはないんだよ。男と女がいっしょに暮らしていれば、そうなるのが自然な成り行きなんだからね。でもあたしゃうれしい。なぜって春秋堂さんでもなければ宮戸屋でもない、つまりそれぞれの両親《ふたおや》でなく、一等最初にあたしに報《しら》せてくれたんだもの。ありがとよ」

「あ、それはね」

「気にすることはないよ。おまえたちの口から正右衛門と繁に告げるまでは、あたしゃ聞かなかったことにしておくから」

「いや、そういうことじゃなくて」

「往生際が悪いねえ、男のくせして。波乃さんがそれとなく名前に話を持って行って、信吾が名付け親の話を始めた。あたしゃ長年料理屋の女将《おかみ》をやってきたんだよ。それくらいわかんなくてどうすんのさ」

信吾はあわてて、咲江の目のまえで両手をおおきく横に振った。

「おばあさまをがっかりさせて申し訳ないけど、そうじゃないんだよ。和尚さんが信吾と名付けたときのことで、まだ話していないことがあったとか、あとで思い出したことがあれば話してもらおうと思ったんだ。大病のあとで父さんが改名の相談をしたときのこととか、そう言えば和尚さんがこんなことを言ってました、なんてことをね」

咲江は信吾を見、波乃を見てからふたたび信吾を見た。そして気の抜けたような顔になった。

「だったら、あたしの早とちりだったってことかい」

「ごめんね、おばあさま。もし、できたとわかったら一番先に報せるからさ。だから勘弁してよ」

「勘弁もなにも、ああ、よかったって糠喜《ぬかよろこ》びしたあたしがおっちょこちょいなだけだから、信吾が謝ることはないけどね」

「あの、あたしたち頑張りますから」

「なにも頑張らなくても、子は天からの授かりものだから、神さまがそろそろかな、と思ったら授けてくださるだろうけど」

咲江が微笑《ほほえ》んだのを見て、波乃は顔を朱に染めた。うっかりと口にした、「頑張りますから」の意味に気付いたからだろう。それを見て信吾まで赤面した。

「和尚さんが、信吾と名付けたときのことだったね」

「侍の子のような名だが差し支えはないだろうと、和尚さんはおっしゃったそうですね。父さんか母さんが、まるでお侍さんのような名ですねと言ったのかな。それとも商人《あきんど》らしくないって顔をしたから、巌哲和尚は言い訳みたいに言ったのだろうか」

「お坊さんは言い訳しないものだよ」

「すると、侍の子のようなと言ったのは和尚さんだったのですか」

「さあ、どうだっただろう。憶えてないね」

「侍の子のような名だと言ったところからすると、巌哲和尚はお武家さんだったのかな」

「多分ね」

「それらしいことを言ってましたか」

「聞いたことはないけど、なんとなく喋り方だとか、目の鋭さからすると、武芸者って雰囲気があるじゃないか。信吾はいろいろと教えてもらってるんだろ、ほれ」

「護身術ですね。でもあれは、なにも持たない者が刀や鎗《やり》を持った相手から身を護《まも》る術ですからね。それを知ってるからって、お侍とは言い切れないもの」

「お侍には刀があるから身を護れるものね。だけどなにも持っていないときに襲われたら、素手でなんとかしなきゃならないだろう」

「お武家さんでないとしたら、なんのお仕事をなさってたのかしら。それに、ご家族、奥さまとかお子さんはいらしたのでしょうか」

　波乃が呟きを洩らすようにそれとなく訊いたが、なにも引き出すことはできなかった。咲江はこう言ったのである。

「それを捨てたのがご出家だからね。となれば、話さないと思うよ。話せば未練で、そんな未練があればご出家じゃないもの」

　咲江はそう言ったが信吾には納得しかねた。

「だけど、簡単に捨てられるものだろうか。家族は人にとって一番大事なものでしょう」

「自分からは捨てなくても、どうしようもない理由でそうなって、あるいはそうするしかなくて、虚しさのあまり出家することだってあるかもしれないね」

「巌哲和尚も、そういうことがあったのだろうか」

「あったかもしれないし、なかったかもしれない。落葉が散るのを見て、人の世の虚しさを感じてお坊さんになった人だっていたかもしれないもの。だけどまだ二十一歳で、嫁さんをもらったばかりの信吾が思いを巡らすことではないと思うよ。そんなこと、うじうじ考えてないで、子供を作ることに励みなさいよ。それが若さってもんでしょ」

そんなに軽く言われても困ってしまう。それよりも信吾が知りたかったことが、なに一つとしてわかっていないのである。

「父さんはなぜ、巌哲和尚に名付け親を頼んだのでしょうね。同業の親しい人とか取引先とか、ほかにも頼める人はいくらでもいたと思うんだけど」

「同業とか取引先は多くても、だれかと特別な関わりを持つのは、ほかの人とのこともあるからね。それにうまく行ってるときはいいけど、一度こじれたときには厄介なんだよ。それより正右衛門は、和尚さんの人柄に惚《ほ》れたんだろうね。なかなかの傑物だと感心してたもの」

名付け親を頼む半年ほどまえに、先代の住職が亡くなられたそうだ。そこで本山から引き継ぎの僧が送りこまれたが、それが巌哲和尚である。

主な檀家《だんか》を集めて、顔合わせの会食の席を設けることになった。正右衛門が檀家の総代、つまり纏め役の世話人だったので、宴は宮戸屋でおこなわれた。

顔合わせは、総代の正右衛門と新任の巌哲を中心に進められた。正右衛門は父親から宮戸屋を引き継いで間もなくで、二十代の半ばという若さであった。繁を娶《めと》って間もなくということもあり、活力に溢《あふ》れていた。

一方の巌哲は三十代の半ばか、あるいは不惑という年頃であった。正右衛門に言わせると、話すことは簡潔だが的を射ていて、むだなことは言わない。こちらは総代とはいっても随分と年下であるが、常に対等に、しかも礼儀正しく接してくれたとのことである。

「ほどなく繁が身籠ってね。そのとき正右衛門は、生まれた子の名付け親は巌哲和尚に頼もうと、迷わず決めたそうだよ。そして十月十日して玉のような男の子が生まれました。めでたしめでたし。さっそく正右衛門は巌哲和尚を訪れて名付けを頼んだところ、とても素晴らしい名前をいただきました。なんと言う名だったでしょうか」

咲江がまじめな顔で言ったので、二人は顔を見あわせたが、波乃が惚《とぼ》けていかにも自信なさそうに言った。

「まさか、ですよ。まさかですけど、もしかして信吾さんでは」

「あっら、よっくおわかりだね。どうしてわかったのかしら」

咲江と波乃の遣り取りに、信吾は我慢できずに噴き出してしまった。釣られて二人も、苦しそうに腹を押さえながら笑ったのである。ひとしきり笑ってから、信吾は真顔にもどって訊いた。

「名前を付けてもらったときや、大病を患って源庵《げんあん》先生に治していただいたことは、繰り返し聞かされました。父さんが巌哲和尚に改名の相談をしたことも、何度も聞かせられたんだけど、なぜ和尚さんに頼むことになったかってことは、今初めて聞いたんですよ。だからそういう、おばあさまがまだ話していないとか、必要ないと思って話さなかったことがあったら、知りたいのですけどね」

「うーん」と、咲江はしばらく天井を睨んでから言った。「やはりないわね。あッ、それより、そろそろ夜のお客さまのお迎えの準備をしなくちゃ」

咲江は出入り口に向かい、波乃が従ったので信吾もあとを追った。

「楽しかったよ。あんな大笑いしたのは何年ぶりだろう」

「あたしもです。なんだか思い出し笑いをしそう、それもとんでもないときに」

「どんなことでもいいですから、思い出したら話してくださいね」

二人が門口まで見送ると、咲江は日光街道ではなく大川沿いの道を帰って行った。顔の火照《ほて》りを、川風に吹かれて鎮めたいのかもしれない。

「明日の昼間は両国屋《りようごくや》の大仏餅だな」

「モトに買いに行かせますよ」

「波乃もいっしょにね。巌哲和尚、というより小坊主の学哲《がくてつ》への手土産だもの」

「すると、信吾さんのことを訊くのですか」

もちろん、和尚の亡くなった息子の信吾である。

「そんなことができる訳がないのはわかってるだろ。見せに行くのさ」

「なにをですか」

「勘の鋭い波乃さんにしては、なんとも鈍い問いですね」

「あら、困ったわ。どうしましょう。旦那さまのおっしゃることが、急にわからなくなってしまいました」

「自慢の嫁さんの顔を見せに、に決まってるでしょ。八ツにここを出ますからね」

四

黒船町の借家を出た信吾と波乃は大川沿いの道を上流《かみて》に向かい、駒形堂《こまんどう》の横を抜けて日光街道に出た。右に折れて北上するとすぐ並木町《なみきちよう》である。

菓子舗の両国屋清左衛門《せいざえもん》で大仏餅を包んでもらうと、すぐ先の茶屋町《ちややまち》を左に折れた。

広小路を西に進めば、程なく宮戸屋のある東仲町であった。

素通りできないので挨拶に寄るというのは口実で、巌哲和尚の所へ行くと言えば、繁が下り酒の一升徳利を持たせてくれる。なにしろ檀那寺《だんなでら》の和尚で、しかも信吾の名付け親なのだから。

山門を抜けると、見習いから小坊主になって名前をもらったばかりの学哲が、小振りな水桶《みずおけ》と柄杓《ひしやく》を両手に、庭に打ち水をしていた。

「学哲さん」と、波乃が呼び掛けた。「お土産の大仏餅ですよ。和尚さまに渡しておきますから、あとでおあがりなさいね」

「このまえにもいただきまして、本当にありがとうございました。和尚さまはお部屋で書き物をなさってると思いますので、声をお掛けになってください」

常吉とおなじ年頃だろう。教えられたとおりに一所懸命言っているのがわかって、頑張るのだぞと声を掛けたいほどであった。

「和尚さま、信吾でございます。波乃もいっしょにお邪魔いたしました」

「おう、ちょっと待ってくれよ」

とは言ったが、すぐに入るようにとの声が掛かった。居室に入ると墨の匂いがして、文机《ふづくえ》には書き掛けの書面が置かれていた。父の正右衛門もよく、墨の香りの中で仕事をしていたので充足感が得られる。

特に祖母咲江に巌哲と父正右衛門の関わりを聞いてからは、これまで以上にこの部屋が心地よく感じられた。

「これは学哲さんに」

波乃が大仏餅の包みを差し出した。

「いつもすまぬな。さぞや喜ぶことだろう。このまえうっかり、波乃どのを大仏餅さんと言いまちがえたほどでな」

巌哲らしからぬ冗談が出た。

「まさかそのようなまちがいを。学哲さん、見ちがえるほどしっかりしてきましたね」

波乃がそう言うと巌哲は笑顔になった。

「本人には言わぬように。僧名を与えたものの、少し早かったかと悔やむこともある」

「学哲という名前をもらったからでしょうか、すっかり変わりましたよ。さっきも、ちゃんと挨拶されて驚きましたもの」

信吾が徳利を巌哲のまえに押し出すと、和尚は目礼を返した。

「和尚さまにはご不満もおありでしょうが、本人は精一杯やっていますよ」と、信吾もつい庇《かば》ってしまう。「わたしの所にも常吉という小僧がいるのですが、箸にも棒にも掛からなかったのに、いつの間にかそこそこできるようになりましてね。以前は食べることにしか関心を持ってませんでしたのに、自分から進んで仕事をするようになりました。

言葉遣いもちゃんとしてきましたし、毎朝、棒術の鍛錬も欠かしません。若い者は伸びるときには伸びるものだなあと、思わされましたよ」

「若い者は伸びるときには伸びるか。若い信吾が言うだけに重みがある」

「信吾さん、形なしですね」

波乃がうれしそうに笑った。

「昨日、黒船町の借家に祖母が来ましてね」

「ほほう。咲江どのがか」

「父と和尚さんが知りあったころのこととか、なぜわたしの名付け親を頼んだか、などということを話してくれました。初めて聞かされたので、知らないことがいっぱいあるのだなあと思いましてね」

そう前置きして、信吾は咲江が語ったことを掻《か》い摘《つま》んで話した。

「それは正右衛門どのが、拙僧のことをよく言いすぎだな。驚いたのはむしろわしのほうで、二十代半ばとは思えぬほど老成していることに驚かされたものだ」

「父は商人ですが、いや、商人だからと言ったほうがいいかもしれませんね。人を見る目はたしかだと、子供のわたしの目にも映りました」

「信吾は何歳に相なった」

「二十一歳です」

「するとあのときの正右衛門どのより四、五歳若いことになるな」

　檀家総代の正右衛門が、新しく住持となった巌哲と顔合わせの会を持ったときのことである。

「でありながら、あの日の正右衛門どのに瓜二《うりふた》つだ。面立ちもそうだが、冷静沈着で胆の据わったところがな。今がこれなら四、五年すればいかばかり頼もしくなることやら」

「そう言っていただけるのはありがたいですが、てまえはあまりにも未熟です。相談にお見えのお客さまの二割、よくて三割くらいしか、問題、悩みを解決できていませんから」

「大したもんだ」

「なにがでしょう」

「信吾が相談屋を開きたいと言ったとき、とても一割も解決できんだろうと思うておった。何分か、つまり百にいくつかでも処理できれば、褒めてやらねばとな」

「それほど厳しい仕事だとお思いだったのですか。遣り甲斐はあるが、相当に難しいと言われましたが」

「当たりまえであろう。いくら熱意があったとしても、経験の乏しい若造が容易にできるものではないからな。とても手に負えぬと、投げ出さねばよいがと見ていたのだ。将棋会所で日々の糧を得ながらとのことなので、であれば十年も続ければなんとかなるやもしれんと思いはしたがな。八卦見《はっけみ》のこともあるで、やり方次第ではと思うておったのだ」

「当たるも八卦当たらぬも八卦の、あの八卦見ですか」

「八卦見にあのもこのもないが、あれが商売として成り立つのはなぜだと思う」

「迷い悩んでいる人が多いことと、それなりに中《あた》るからでしょうね」

「うまく中れば、その人は知りあいに、あの八卦見はずばり中ててくれたと喧伝《けんでん》してくれる。だからと見てもらったとて、中るのはどれほどいることか。だが中った当人にすれば、あの八卦見はすごい、となる。その繰り返しで商売ができるということだ。もっとも連中も努力しておるし、的中させるための技もある」

「技が、ですか。一体どのような」

思わず、というふうに訊いたのは波乃である。

「おおきな輪からちいさな輪へと絞りこんでゆくのだな。二股道で右に行くか左に行くかわからない人には、どちらを示しても五割の確率で中る。ゆえにわずかな手掛かりでも得られれば、的中の率は一気に高まることになるであろう」

波乃はこくりとうなずいた。

「輪を絞りこんでゆく方法だが、さりげなく餌を投げてみるのだな。喰い付けばよいが、でなければべつの餌を投げる」

「餌を投げるとおっしゃいましたが、どのような餌をどのように投げるのでしょう」

「世間の連中に多い悩みとなると、人とのあれこれに関すること、それから金銭、でなければ仕事となる」

　相手が男か女か、若いか年寄りか、それに仕事のことなどを考慮し、なにかと想像しながらとなるが、大抵の人に共通した話題から入ってゆくそうだ。つまりおおきな輪を投げてみるのである。

「どなたも、周りの人とのことで悩まされているようですね」

　そのように持ち掛けて、相手が興味を示せば、親子、兄弟姉妹、親戚、友人、取引先などのどれに該当するかを探ってゆく。輪を絞りこむのだ。

　どうやらちがうようだと感じたら、金銭に話題を切り換える。

「金が敵《かたき》の世の中なれど、敵恋しい懐かしい、などと申しますが」

　円をあるいは螺旋《らせん》を描きながら、相手が喰い付くのを待つのだ。そのようにして次第に輪をちいさくしてゆくのである。

「要は焦らずにゆっくりと取り組むことだ。そうすれば自《おの》ずと問題に到達することができる、ということだな」

「なんだか和尚さん、八卦見をなさってたみたい」と、波乃が言った。「もしかして縁日なんかに、どこかの神社の境内でやってらっしゃるのではないですか」

「見破られてしまえば仕方がないが、お布施だけではやってゆけぬので内職をしておる。だが波乃どの」と、巌哲は真顔で言った。「これについては、家の人、町の人には内緒にしておいてくれぬかな」

やはり巌哲は変わったと、信吾は思わずにいられない。信吾と二人だけのとき、というか波乃と夫婦になるまでは、巌哲が冗談を言ったことなどなかった。とすれば、波乃が変えたのかもしれない。

初めて波乃を会わせたとき、二人は意気投合して、信吾の目には巌哲がはしゃいでいるようにすら見えたのだった。見えたのではなかった。はしゃいでいたのだ。それほどうれしかったにちがいない。

亡くした息子の名を信吾に付けたとき、そこに息子が重なったのだろう。その信吾が成長し、巌哲の望んでいたような娘を娶った。気が置けないのだ。遠慮する必要がないので、心から打ち解けることができるのではないだろうか。

実の息子の嫁なら親として責任も伴うが、信吾は実の息子ではない。だが名付け子だから他人とも思えないのだ。つまり息子のようであって息子ではない。だからその嫁は、嫁に似て嫁ではないのである。

「寺は閑散として、庭を近所の猫がゆっくりと横切っているくらいにしか思うておらぬのだろう。ところが、驚くほど雑多な人が出入りしておるのだ」

「そうなんですか」

「例えば今日は信吾と波乃どのが見えたではないか。ま、ふたりは雑多の中には入らんがな。滅多に来ぬとしてもだ」

「冗談に驚いていましたが、駄洒落《だじやれ》すらおっしゃるのですね、和尚さんは」

「冗談も駄洒落も言えぬようでは、波乃どのが話し相手になってくれぬだろう」

そう言って笑わせたが、案外と本心なのではないだろうかと信吾は思った。

「さまざまな人が顔を見せる。ゆえにわざわざ出向かんでも、坐《ざ》していても大抵のことはわかるのだ。町の噂《うわさ》などは自然と耳に入る。信吾が波乃どのを連れて寺に来たとき、これが噂の姉妹小町の妹さんかと、すぐにわかった」

「あ、それも冗談ですね」

「冗談じゃない」

肯定と否定の意味を重ねたような言い方をして、巌哲は信吾と波乃を笑わせた。

「おなじ瓦版が何枚も溜《た》まることがある。おもしろいことが書かれてますと言って、何人もの人が持って来てくれるからな。宮戸屋が商売敵に嵌められた食中り騒動は、たいへんな騒ぎになって来て瓦版が二枚も出た。宮戸屋は檀家総代なのでさすがに驚いたが、一枚目が出たのを読んで胸を撫《な》でおろした」

「なぜでしょう。一時は廃業するしかないだろうと、両親も祖母も覚悟していましたが」

「宮戸屋で会食した若い者が十人ほど食中りを起こした、そう騒ぎ出したのは医者の占《せん》野傘庵《のさんあん》だった」と、巌哲は続けた。「寺に来る何人かから、傘庵はインチキ医者だと聞いていたのでな。正右衛門どのを強請《ゆす》って、金を出させようとしたのだとわかった」

「料理人は新鮮な材料を使っているし、調理にも気を配っている。絶対にそんなことになるはずがないと言い張ったのですが、父は見舞金として一人一両を出すと言ったそうです。傘庵は五両を譲らぬとのことでしたが、結局三両で手を打ったそうでしてね」

傘庵は騒ぎを起こすことを、おなじ浅草の料理屋で、宮戸屋を商売敵だと思っている深田屋《ふかだや》に持ち掛けたのである。わずかな見舞金で手を打たれては、騒動の起こし賃を出した深田屋が承知しない。脅し気味に話をぶり返したが、一両でも多いところを三両も出したのだから正右衛門は拒絶した。そこで傘庵は、深田屋の手前もあって瓦版書きに持ちこんだのである。

おかげで宮戸屋は窮地に立たされたのだ。

信吾との話から閃《ひらめ》いて、岡っ引の権六親分は強盗の一味を、押し入るのを待ち受けて一網打尽にしたことがあった。権六は信吾に恩義を感じていたらしく、懸命に探索して傘庵と深田屋が組んで宮戸屋を陥れようとしたことを突き止めた。それを天眼が瓦版に書いたので、ほどなく深田屋は廃業に追いこまれ、宮戸屋は満席が続いている。

「天網恢恢疎《てんもうかいかいそ》にして漏らさず。ということだな。それにしても皮肉なものだ」

「なにがでしょう」

「世俗と縁を切って坊主になったのに、世俗にまみれて生きてゆかねばならぬ」

「寺は俗世間からはかけ離れているように見えて、実はその中心なのかもしれませんね」

「おもしろいことを言う」

「和尚さまは静かに坐《すわ》ってらして、世の中のことがなにもかもわかる訳ですから」

「なにもかもという訳にはいかん。ごく一部でしかない」

「お話を伺って、八卦見のことは相談屋の仕事の参考になりました」

「やり方はちがっても似たところはある。ともに困った人悩める人の苦悩を取り除く、それができずとも軽減させるのであるからな」

「参考になっただけでなく、和尚さまと話していて、すっかり気が楽になりました」

「それはいいことだ。気が楽になれば、心に余裕ができる。さすれば、相談に来た者の悩みを、高き所から隅々まで見ることができるだろう。問題がどこにあって、どうすれば解決できるかがわかるようになるかもしれん」

「そうですね。余裕を持たなければ。それにわたしは強い運を持っていますから。両親からも祖母からも、繰り返し言われました。巌哲和尚さまに、信吾は稀《まれ》に見る強運の持ち主だと言われたんだからねって」

「そういうことだ。そう信じるだけでも、運を引き寄せることができるだろう」

「わたしは実の父と、名付け親の巌哲和尚という二人の父から、信吾という名をもらいましたから」

波乃がちらりと和尚の顔を見た。

「そういうことだ」と、巌哲は繰り返した。「信吾には二人の父がおる。父だからな、遠慮することはないぞ。もっと頻繁に顔を見せてくれ。できるなら波乃どの、自慢の嫁さんもいっしょにな」

二人は顔を見あわせた。信吾が巌哲を訪れるまえに、「自慢の嫁さんの顔を見せに」と言ったからだ。偶然だろうが、二人がおなじことを言ったのである。

それから四半刻ほどして信吾たちは巌哲のまえを辞して借家にもどったが、どちらもしばらくは黙ったままであった。

堀を渡って東本願寺の表門まえの道を進み、田原町から三間町を抜けて駒形堂に出た。そのまま大川端に出て南へ道を取ったとき、波乃が呟くように言った。

「あたし、どきりとしちゃいました」

「わたしはひやりとしたけれど、和尚さんには、動揺どころかなんの変化も見られなかったね」

　信吾という名を二人の父からもらった、と言ったときのことであった。もしかしたら巌哲が、亡くなった息子のことや、その名を信吾に付けた理由を話してくれるのではないかと期待したのである。だが、そうはならなかった。

「和尚さんは心の奥の深い所に完全に封じこめてしまって、錠を掛けてしまったのだ。だから、もう二度とこの話はしないことにしようと思う」

「それがいいかもしれませんね」

「ただ、二人の父親から信吾という名をもらった、幸せな男だとの気持は持ち続けたい」

「そうしてください。もう一人の信吾さんのためにも」

幸せの順番

一

「徳次《とくじ》さんではありませんか」

「あッ、席亭さん」

信吾が声を掛けたのは将棋会所「駒形」の客だが、黄昏時《たそがれどき》に駒形堂の裏手の石に、大川に向かって坐《すわ》っていた。憔悴《しょうすい》しきったように見えたし、どことなく深刻そうでもあったので、思わず声を掛けてしまったのかもしれない。

「邪魔をしたようですね」

「邪魔だなんて」

「駒形堂の裏手は、考え事をするにはとてもいい所ですから」

「席亭さんにもあるのですか、悩んだり、迷ったり、困ったりすることが」

楽しい計画や夢もあるだろうに、考え事と言われて言下にそう言ったということは、徳次が気に病む問題を抱えているからにちがいない。

「そりゃありますよ。能天気に見えるでしょうが、人並みに思い悩むことも」

「これは失礼。浅草でも有名な料理屋の息子さんなのに、見世を弟さんに任せることにして、相談屋と将棋会所を始められたと聞いています。しかも才色兼備のお嫁さんをもらったばかり。なにもかも思いどおりに運んでいるので、心配事とか悩みなんてこれっぽっちもないと思っていました。それより、お坐りになりませんか」

徳次が自分の横の石を示したので、信吾はうなずいて腰をおろした。

「なぜか落ち着けて、考えを纏《まと》めるには本当にいい場所なんですよね、ここは。川の流れを見ながら、と言っても、上げ潮のときもあれば引き潮のときもあるし、潮合《しおあい》で流れが止まるときもありますが。川面《かわも》とか水を見ていると、人は心がおだやかになるのかもしれません」

「そうでしたか。席亭さんは、よくここへ」

「ときおりですけれど」

「てまえは初めてですが、言われてみれば、たしかに落ち着きますすね」

詳しいことは知らないが、徳次は浅草近辺の商家の奉公人らしい。着ている物や履物からすると手代のようだ。年齢は信吾とあまり変わらないのではないだろうか。

将棋会所での級分けでは、徳次は中級の上の実力であった。相当な将棋好きで、仕事中、おそらく外廻《そとまわ》りのおりなどに、なんとか時間を捻《ひね》り出して将棋会所に姿を見せていた。

仕事におおきく左右されるからだろうが、続けて来ることもあれば十日か半月に一度ということもあった。そしていつものことだが、あわただしく一番だけ指して逃げるように帰って行く。

それほどの将棋好きが「駒形」で将棋を指さず、大川端の石に坐っていたので、信吾には異様に映ったのである。

「徳次さんはかなりの早指しですが、時間を掛ければ相当にお強いとお見受けしました」

「そんなことはありません。それより席亭さん、夜もやってくださいよ。そうすればもう少しじっくり指せるのですがね」

「お正月以外は一年中、朝の五ツ（八時）まえから開けていますから、夜もやっていたらわたしの体が持ちません」

そんな遣《や》り取《と》りをしたことがあった。

「それより徳次さん、お見世にもどらなくてもいいのですか。お仕事の途中なんでしょ」

「今日は内藤新宿に出た帰りでしてね。ちょっと疲れたので、ひと休みを」

「そうでしたか。邪魔をしてしまったようですね」

徳次はこの辺りの住人が宮戸川《みやとがわ》と呼ぶ大川の、川面を見たままである。一人にしてあげたほうがいいと思い、信吾が挨拶して帰ろうとしたとき徳次がぽつりと言った。

「世の中、ふしぎなことが……」

　信吾に話し掛けたのか独り言なのか判断が付かなかったので、黙って待つことにした。

「十年、いや十一年になりますが、思いも掛けない人に出会ったのですよ。内神田の皆《みな》川町《がわちょう》で親しくしていた人に、なんと内藤新宿でね。陽《ひ》が傾きかけたのでそろそろ引きあげねばと思ったのですが、小腹が空《す》いていたので近くの茶店に入って団子を頼みました。茶店に入らなければ気付かないまま、その人に会うこともなく浅草に帰ったはずです。だからふしぎでならない」

「まるで、あらかじめ決められてでもいたかのように」

「ええ。そうとしか思えません。滅多に行かない内藤新宿へ仕事で出掛けたのですが、本来行くべき人が急に行けなくなったので、てまえが代理で出向いたのです。そして帰ろうとしたとき、たまたま茶店に入って団子を頼んだのですから」

「あるみたいですね、ごく稀《まれ》にですが」

　徳次がちらりと見たのがわかったが、信吾はそちらを見ないでうなずいた。

「相談屋に見えたお客さまから、打ち明けられたことがあります。ある人との出会いですが、どう考えても偶然としか考えられなかったそうです。ところがあとであれこれ突きあわせてみると、一直線にそこに向かっていたとしか思えないように、いろいろなことが重なって巡り会えたとのことでした」

「そうなんです。それが二日まえで」

「今日、改めてお会いになったのですね」

「え、ええ」

「十一年振りとおっしゃいましたが、すると徳次さんの人生の、およそ半分ということになるのではないですか。何歳かは存じあげませんが」

「二十一ですから、まさに人生の半分になりますね。そうか、人生の半分になるんだ。驚きましたよ、そんなふうに考えたことなどなかったですから」

「すると、徳次さんはわたしとおない年なんですね」

「え、席亭さんは二十一歳ですか。てまえより三つ四つ上だと思っていましたが」

瓦版には年齢も出ていたはずだが、すると徳次は見ていないのだろうか。それとも武勇伝の内容に驚いて、年齢のことは記憶に残っていないのかもしれない。将棋会所でも大騒ぎになったが、徳次はその場にいなかったことも考えられる。なにしろ不意に来て、あわただしく指して帰る客だから。

「相談屋をやっていますので、若く見られたら、経験に乏しいと思われるのではないかと思ってしまうのでしょうか。ついつい背伸びするので、老けて見えるのかもしれません」

「貫禄《かんろく》ありますよ、席亭さん。とても二十一歳には見えません。もしかしたら、お子さんが二、三人いるんじゃないかって」

「まさか。それより、徳次さん。くどいようですが、もどらないとお見世の方が心配されるのではないですか。なにしろ内藤新宿は遠いですから」

「今日は余裕を見て動いていますから、ご心配なく」

　つい思い付いたことを信吾は口にしていた。

「できるなら、劇的な再会の話を聞かせていただきたいですけれど」と、そこで信吾は間を取った。「そうだ、夜、家《うち》にいらっしゃいませんか。食事しながらとか、そのあとで聞かせていただけるといいのですがね。あるいはどこかで一献傾けながら」

　将棋会所の客とはだれとも常に一定の距離を保っている信吾が、思わず誘ってしまったのはおない年だと知ったからかもしれない。

　話が急だったからだろう、徳次はかなりの迷いを見せた。

「もちろん、むりにとは申しません。話しにくいこともおありでしょうから」

　戸惑いか逡巡《しゅんじゅん》、それとも困惑かもしれないが、徳次は黙りこんでしまった。信吾は静かに待つ。相談客の場合にもこういうことはあったからだ。

　十一年まえの十歳のおりに、どういう事情かはわからないが、別れた、あるいは別れなければならなかった相手である。血縁か他人か、男か女かもわからない。

ただ、声を掛けたときには深刻に見えたのだ。いや、だからこそ声を掛けずにいられなかったのである。

「話したほうが、聞いてもらったほうがいいかもしれませんね」

そう言いはしたが、はっきりと心を決めたというふうではなかった。

「気が楽になるといいですがね。もしかすると、お力になれるかも。いえ、相談料をいただこうというのではないですよ。将棋会所のお客さんですから、徳次さんは。取り留めない話をしていて、なにかいい解決法が見付かるかもしれない、と思ったものですから」

信吾の話した意味がわからなかったらしく、徳次は首を傾《かし》げた。

「どういうことでしょう」

「相談にお見えのお客さまの話を伺うまえに雑談をしていて、突然、相手の方が解決方法を見付けられたことがありましたのでね。つまり、わたしに相談する意味がなくなってしまったのです」

「ですが、食事どきにお邪魔しては」

「気になさらないでください。わたしと波乃に、常吉とモトの四人だけですから。今日でもいいのですが、徳次さんはお見世にもどって報告しなければなりませんよね。それに食事もお見世で用意なさってるでしょうから、食べない訳にいかないでしょう。明日はいかがです」

　徳次は少し考えてから言った。

「ではお言葉に甘えて、そうさせていただきましょう」

「門限は何刻《なんどき》ですか」

「あらかじめ告げておけば四ツ（十時）ですが、言っておかなければ締め出されます。だれかがそっと開けてくれますけれど、そのときには、いくらかのお礼をしなければなりません」

「四ツでしたら、各町の木戸が閉まるのとおなじですね。そんなに長くはかからないと思います。徳次さん、ご酒《しゅ》は」

「少々」

「それはすごい」

「え、なにがですか」

「ある人に教えられましたが、南国の土佐では、少々と言えば二升、多少だと三升以上だそうです。驚かれたでしょう」

「というか、度肝を抜かれました」

「少々は升と升だから足して二升。多少は少々より多い、つまり多升なので三升以上と言うのですがね」

「脅かさないでくださいよ、席亭さん。てまえは本当に少々で、せいぜい銚子《ちょうし》一本か二本です」

「だったら、わたしとおなじくらいですね。安心しました」

ということで、徳次は翌日の夕刻六ツ（六時）に母屋に来ることになった。

夜の食事のとき、信吾は波乃とモトに伝えておいた。特別な料理を作る必要はないが、いつもより一人分だけ多く作るように言ったのである。

常吉には将棋会所のほかのお客さんには話さないように、と念を押した。依怙贔屓《えこひいき》しているように思われては徳次さんが気の毒だから、との理由だが、果たして常吉にどこまでわかっただろうか。

二

次の日、徳次は仕事で時間の都合が付かなかったらしく、将棋会所には姿を見せなかった。そして約束どおり、浅草寺の時の鐘が六ツを告げているときに母屋にやって来た。

季節的なこともあるだろうし、あとで飲むことも考えて、波乃は素麺《そうめん》にしたらしい。

「本当は、少し太めで腰のある半田《はんだ》がほしかったのですけど、揖保《いぼ》がありましたのでそちらにしました」

半田素麺の味が忘れられない波乃は、阿部川町の春秋堂まで出掛けて、どこで買えるのか母のヨネに訊いたらしい。阿波《あわ》に旅した人の手土産で、江戸では手に入らないとのことであった。

徳次については簡単に紹介し、常吉もモトもいるので、当たり障りのないことを話題に選ぶようにした。常吉が面倒を見ている番犬の名が、なぜ「波の上」になったかを話すと、徳次はとてもおもしろがった。

食べ終わると、モトが用意した番犬の餌を入れた皿を持って、常吉は将棋会所にもどった。モトが洗い物を始めたので、信吾と徳次は表の八畳間に移ることにした。

酒の用意をして波乃がさがろうとすると、徳次が声を掛けた。

「よろしかったら、波乃さんも聞いてもらえませんか。もっとも愉快な話ではありませんし、退屈されるかもしれませんが」

「でも、よろしいのですか」

「席亭さんお一人より波乃さんがごいっしょのほうが、話しやすいと思いますので」

「だったら聞かせてもらいなさい。いろいろ伺っておけば、相談屋の仕事の役に立つかもしれないから」

言われて波乃が信吾の少し斜めうしろに坐ったので、自分の盃《さかずき》を持って横に坐るように言うと、波乃はすなおに従った。

「ところで徳次さん」

「はい、なんでしょう。席亭さん」

「ここでは信吾と呼んでください。将棋会所では席亭でけっこうですし、それから駒形堂もその続きと考えていいと思います。でも、ここでは将棋に関係ありませんから、信吾と呼んでいただかないと」

「わかりました、席」と言い掛けて、徳次はあわてて言い直した。「信吾さん、でしたね。どうもやりにくいな」

「すぐ慣れますよ」

　盃を手に波乃がもどったので、信吾は酒を注《つ》いでやった。

そのほうが話しやすいと言ったものの、いざとなると切り出しにくいらしく、徳次は盃を飲み干し、二杯目を半分ほど空けてからようやく話し始めた。

　内藤新宿は品川、板橋、千住とともに四宿と呼ばれているだけに繁華で、西から順に上町、仲町、下町と三つから成るおおきな町である。上町には追分があって、その東には子育《こそだて》稲荷《いなり》があり、南の広場には高札場が設けられていた。

　追分から分かれて右は青梅街道、左が甲州街道となっている。

団子を食べ終わって茶を飲み、お代を払って立ちあがったときである。茶店のまえの道を通り掛かった二人連れの女の一人が、ちらりと店の中に目をやって徳次と目があった。女はすぐに素知らぬ顔でまえを向いたが、驚きの色が浮かんだのを徳次は見逃さなかった。

「……お仙《せん》」

徳次は思わずつぶやいていた。

二人連れだが主従である。お仙があるじで、手拭いと糠袋《ぬかぶくろ》を持ったのが下女だろう。湯屋に向かうところらしい。

お仙が囲われ者？　いやまちがいない。十二の齢《とし》から商家に奉公し、徳次は二十一歳の今日まで、客だけでなく多くの女を見てきた。この時刻に下女を供に湯屋へ行くとなると、普通の娘や人妻だとは思えない。

おなじ長屋にいて、「おおきくなったら、あたいは徳次さんのお嫁さんになるの」と言っていた、幼馴染《おさななじみ》のお仙であった。今の境遇を知られたら逃げ出してもふしぎではないのに、平然と歩いて行く。人ちがいか。いや、そんなはずはない。

お仙と思われる女が真《ま》っ直《す》ぐに南に進み、堀に架けられた小橋に向かおうとしたので、下女がなにか言ったようだ。湯屋への道とちがうのだろう。だが女は無視して橋を渡り、天龍寺《てんりゅうじ》の山門を潜《くぐ》った。

なぜそうしたかを察した徳次は、さりげなくあとを追う。

天龍寺の本堂は間口が九間（約一六・四メートル）で奥行が六間半（約一一・八メートル）と、この辺りではおおきなほうだろう。本堂の周りは松の木などが植わっているが見通しはよく、その左手に湧水でできたらしい池があった。池から流れ出ている溝のすぐ下流には木立があるので、人目は避けられそうだ。

二人の女はそこにいた。

やはりお仙であった。感情を押し殺してしばらく徳次を見ていたが、目を下女に向けるとなにかを渡した。

「おっかさんの病気が早く良くなるように、お祈りしておいで」

お賽銭《さいせん》用の小銭だろう。下女は少しだけうれしそうな顔になって、徳次を一瞥《いちべつ》すると、小走りに駆けて行った。

「あたしを探しに来たのではなさそう」

お仙は探るような目で見たが、わかっていて言っているのである。徳次はわずかにうなずいた。

「探すならもっと早く探すわよね」

「この宿《しゆく》に用があったんだ。それにしても驚いた。まさかこんなところでお仙に会えるとは、思ってもいなかったから」

「あたしは探したわ」

「えッ」

「自分で探したのではないわよ。だって、出してもらえなかったから。七つで長屋を出てからも、徳次さんのことが気懸りでならなかった。でもどうにもならなくて、人に頼んで調べてもらったときには九つになっていたの。徳次さんは長屋に居なかった」

「お仙が九つってことは、おれは十二だな。あの年、長屋を出たんだ」

「念のため三日ほど、長屋を見張ってもらったわ。小父《おじ》さんは毎日、天秤棒《てんびんぼう》を担いで鋳《い》掛屋《かけや》の仕事に出てたし、あの女《ひと》もいたって。それから男の子」

「又造《またぞう》だ。母ちがいの弟だよ」

「だけど、徳次さんはいなくなってた」

「お仙のとこもたいへんだったようだが、おれん家《ち》もひどかった。どうにも腹に据えかねて、十二で飛び出したんだ」

「あたしは七つ」

「忘れるものか。おれが十のときにあの女が押しかけて来て、おっかさんだよ、よろしくね、と猫撫《ねこな》で声を出した」と、徳次は思わず身震いをした。「その年だったからな、お仙たちが長屋から姿を消したのは」

「徳次さんもたいへんだったのね。お互いにたいへんだった。でも、もうあのときにはもどれない」

わかってはいても、言われてみると思い知らされた感じで、出たのは声だか溜息《ためいき》だかわからなかった。

「ああ」

「徳さんはお職人にならなかったのね」

徳次さんが徳さんになったが、距離が縮まったような気はしない。

「親父《おやじ》の跡を継ぐ気にはなれる訳がないからな」

「立派な仕事じゃない、あたしの」

妾《めかけ》という言葉をお仙に言わせたくなかったので、徳次は目のまえでおおきく手を振った。

「ゆっくりと話せないかな。いや、迷惑をかける気はない。ただ、このまま別れては、胸にもやもやしたものが残るに決まってる」

お仙は顔を伏せてしまった。話したくもあるが知られたくもないとの思いが、せめぎあっているのだろう。

「商売の関係もあって岡っ引の知りあいがいるので、探し出すのに苦労はない。それにお仙の生活を壊す気はないよ。ただ、もう少し話したいんだ」

しばらくためらってから、お仙は住まいを教えた。湯屋に行く途中なので近いとは思ったが、上町に住んでいた。

しかし世間の目があるので、妾宅《しょうたく》を訪ねる訳にはいかない。四谷御門《よつやごもん》と大木戸のほぼ中間にある伊賀町《いがちょう》の蕎麦屋《そばや》で、二日後の昼に逢うことにした。

それだけ離れていれば、知りあいと出会うこともないはずだ。だれかに見られたとしても、親類の者だとか子供時分おなじ長屋に居た人と言えば、疑われずにすむだろう。

「言っておきますけどね、あたしは徳さんが思ってるほど、みじめではないの」

「そのようだな。安心したよ」

お仙が合図したのだろう、本堂のほうから下女が小走りに駆けて来た。

徳次は先に境内を出た。

それが三日まえで、その二日後の昨日、徳次は伊賀町の蕎麦屋でお仙と待ちあわせた。

信吾が駒形堂で見掛けた日の昼間である。前回で仕事はほぼ終わっていたが、確認と詰めを理由に徳次は内藤新宿に出掛けた。

商家を訪れて話を詰め、確認をしておかなければ、なにかのおりに接触しなかったことがわかってしまう。そういう手抜きやごまかしは、なぜかあるじの知るところとなるからである。

三

お仙は先日の下女を帯同していた。

「大丈夫よ。トシはあたしの味方だから」

危ぶむような色を徳次の目に見たからだろう、お仙がそう言うと、トシと呼ばれた下女は挑むような目で徳次を見た。十八歳のお仙より二つ三つ下のようであった。

二日まえは近くの湯屋へ行くので普段着であったが、それなりに着飾って化粧しているので、見ちがえるようにきれいであった。幼馴染のお仙が、徳次は眩《まぶ》しく感じられてならない。

「おとっつぁんは息災にしてるの」

伊賀町の蕎麦屋で落ちあって、お仙が最初に訊いたのはそのことであった。

長屋にいたころ、父の又吉《またきち》はお仙を娘のように可愛《かわい》がっていた。「おおきくなったら、あたいは徳次さんのお嫁さんになるの」と言っても、「そうかいそうかい」とにこにこと笑っていた。又吉は、それもいいかもしれないと思っていたようだ。

「息災にしてる、だろな」

「だろな、って」

「あの女のために、おれは家を飛び出したんだ。あれから長屋には行ってないよ。なにかあれば報《しら》せがあるだろう。便りのないのがいい便りという」

筋違御門《すじかいごもん》から日本橋に向かう通りの四、五本西側、内神田の皆川町に徳次やお仙が住む裏長屋はあった。

徳次の父又吉は、無口だが腕のいい鋳掛職人である。

鋳掛屋は、鞴《ふいご》（火吹竹で間にあわせる者もいる）、小火炉《こかろ》、用水入れなどを両天秤にして町々を廻《まわ》り、銅鉄の鍋釜などを修復する。呼び声は「鍋ェ、釜ァ、いかァけェ」であった。

鋳掛屋の天秤棒は一般的な六尺（約一・八メートル）とちがって、七尺五寸（約二・三メートル）と長い。江戸の町は火事が多かった。軒下七尺五寸以内で火を用いて仕事をすることは禁止されていたので、その距離を測るためである。

母のお夕《ゆう》はおとなしくてやさしい女で、親子三人は貧しいなりに平穏に暮らしていた。それがいかに幸せであったかは、のちになって痛いほどに感じさせられた。

普通は七、八歳からだが、徳次はお夕の強い勧めで六歳から手習所に通った。体格がよくて利発だったので、母は学び始める年を早めたのだろう。

天候に左右されて収入の不安定な鋳掛屋にさせる気は、端《はな》からなかったにちがいない。商人になれば、才覚次第で見世を持つことだってできるからだ。

徳次は長屋でも手習所でも餓鬼大将であった。年下の者に慕われ、同年輩だけでなく年上からも一目置かれていた。中でも三歳下のお仙は、「徳さんのお嫁さんになるの」と付きまとったが、そのうちに忘れるだろうと、徳次は気にも留めなかった。

学びと遊びで一日を過ごす、そんな幸せな日々は、九歳の暮で終わりを告げた。母のお夕が風邪をこじらせて、あっけなく亡くなったのである。

母が一家の要《かなめ》であったことを、徳次はしみじみと感じずにはいられない。無口な又吉はお夕と徳次の会話に、ときおり相鎚《あいづち》を打つぐらいであったが、それでも十分に楽しそうにしていた。

ところが父と子の二人きりになると、話すことがない。実際はあるのだが、二人とも、特に又吉はどんなふうに話せばいいかわからないらしかった。

お夕の不在が二人を打ちのめした。寂しさに耐えられなくなったのか、又吉は酒を飲むようになった。長屋では飲まず、どこかへ出掛けた。

もどるころには徳次は眠っていたが、酔って尻餅をつく父のために目を覚ましたこともあった。そんなとき父は酒臭く、横に寝ただけで火照《ほて》りを感じた。

お夕の四十九日はすぎたものの、百ヶ日にもならぬ日の夜のことである。人の気配で目を開けると女の顔があった。安物の白粉《おしろい》と酒が臭う。

「徳次ちゃん」と、女が馴《な》れ馴《な》れしく呼び掛けた。「紺《こん》です。よろしくね」

あるいは、夢の中の出来事かもしれないと思った。八ツ（午後二時）に手習所を終えると、日暮れまで空き地で遊んでいたため、綿のように疲れていたのだ。夕飯を喰《く》うとそのまま眠りに落ちたので、とすれば夢だと思ったのもむりはない。

「子供が起きるじゃない」

「ぐっすり寝てる。一度寝付いたら、地揺れであろうと起きやしない」

「そっと、やさしくね。ああ、あー」

夢の中でそんな遣り取りを聞いたような気がしたが、それが夢でなかったことは翌朝になってわかった。

「ご飯ができたわよ」

体を揺さぶられて目覚めると、見知らぬ女がいた。

「だれ」

「紺ですよ。昨夜《ゆうべ》挨拶したじゃない」

「新しいおっかさんだ」

又吉が怒ったような口調で言った。

「おいらのおっかさんは死んだ」

「だから、新しいおっかさんが来てくれたんだよ」

「おっかさんは死んだ」

箱膳が三つ置かれていたが、紺と名乗った女のまえには、母お夕の膳が置かれていた。母の箸を使っている。

徳次には、それだけでも許せなかった。

飯碗《めしわん》は出棺のときに割るのが決まりだ。もう元にはもどれないとの意味だが、死者に対するよりは、残された者を諦めさせる意味が強いのだろう。茶碗が割られていなければ、紺は平気な顔で使ったかもしれない。

「戸惑ってんだ。すぐに慣れるだろう」

父がそう言ったが慣れる訳がない。いや、慣れてなんぞやるものかと思った。

「いいおっかさんに、やさしいおっかさんになるから、よろしくね。徳次ちゃん」


「なれる訳ねえんだよ」

徳次はお仙にそう言ったが、いつの間にか商人らしからぬ乱暴な言い方になっていた。久し振りにお仙に会ったからか、忘れていたつもりの紺のことが鮮やかに蘇ったからか、心が一気にあのころにもどったのかもしれなかった。

「飯を掻《か》っこむなり、長屋を飛び出したね。あとは飯と寝るときしか、家に寄り付かなくなった」

紺は押しかけて、ずるずると又吉の後妻に納まったのである。

徳次に対しては実の子のように接したので、冷ややかにみていた長屋の女房たちも、次第に受け容《い》れるようになった。

「やさしいおっかさんができて、よかったじゃないか」

そう言う者もいたが、いくらやさしくても母には及ばない。いや、紺のやさしさが見せ掛けにすぎないことを、徳次は知っていた。

ほかにも見抜いた者はいて、糊屋《のりや》の婆《ばあ》さんが慰めてくれた。

「我慢するんだよ、徳坊。あれは狐《きつね》さ。お人好《ひとよ》しのおとっつぁんは、化かされてんだよ。見てな、今は猫を被《かぶ》っているけど、そのうちに本性を現すから。そうすれば、おとっつぁんも叩《たた》き出すに決まってる」


お仙はちいさく首を振った。

「徳さんとこに、新しいおっかさんが来たのは知っていたけれど、よかったねって思っていたのよ。どんな人か知らなかったから」

「よくは知らないが、お仙とこもうち以上にたいへんだったみたいだな。家に寄り付かなかったから、お仙たちが長屋から姿を消したのを知ったのは、何日か経《た》ってからだった」

「おとっつぁ……」と言いかけて、お仙は改めた。「父さんと母さんが、横になってから小声で相談してるのを、聞いてしまったの」

父親が博奕《ばくち》で借金を作ってしまい、支払いが迫っていたがそんな金を用意できる訳がなかった。払えない場合は、お仙を差し出さなければならない。

娘が美人であれば唄や三味線、踊り、和歌や俳諧、囲碁や将棋などを教えこんで花魁《おいらん》に仕立てるか、大店《おおだな》のあるじや隠居の妾として多大な礼金を得る。でなければ下女働きさせたあとで、女郎として稼がせるということらしい。

五年後の十二歳までに返済すれば娘は返してもらえるが、驚くほどの利子のために、何倍にもなっているという仕組みだ。

まさに蟻地獄《ありじごく》である。

両親にすれば可愛いお仙はとても渡せない。となると、一家心中か夜逃げしかなかった。夜逃げをしても、かならず探し出されるだろう。堂々巡りをするばかりで、両親は結論が出せないでいたのである。

「あたし、お女郎になるよ」

次の日の夜も、両親が涙ながらに結論の出ない相談を始めたので、お仙は意を決してそう言った。

寝ているとばかり思っていた娘の言葉に、両親は跳びあがらんばかりに驚いた。闇の中なので顔は見えなかったが、目を真ん丸にしているだろうことがわかった。

「お仙、なにを言い出すのだよ」と、母がおろおろ声で言った。「どういうことかわかってるのかい」

「だって、そうするしか、三人が死なずにすむ方法はないんでしょ」

両親は泣いて掻き口説いたが、お仙が言ったように、ほかに方法はなかった。

四

「夜逃げしたんじゃなかったのか」

「したわ。女郎か妾にされるのがわかっていながら、娘を借金のカタに売りとばしたのだもの。遅かれ早かれ長屋の人には知れてしまう。とてもじゃないけど、居られる訳がないでしょ」

お仙を女衒《ぜげん》に渡した日の夜、両親は長屋から消えた。

前回、新宿の追分に近い天龍寺で別れるとき、「あたしは徳さんが思ってるほど、みじめではないの」とお仙は言った。これがみじめでないなら、なにをみじめと言えばいいのだろう。

整った瓜実顔《うりざね》、柳の眉に黒目がちな瞳、愛くるしい唇のお仙は、高い金で金持の妾にされたはずだ。宿場女郎に売り飛ばされるよりはましかもしれないが、五十歩百歩である。

「あれから、おとっつぁんとおっかさんには逢っていない」

今度は両親を、父さん母さんとは言わなかった。そっと窺《うかが》うと目に涙を浮かべていた。

それを指で拭ってお仙が言った。

「あたしたちが長屋から消えた理由《わけ》は、これでわかったでしょ」

涙を浮かべたままお仙は笑顔になった。痛々しい笑顔であった。

「それからの、徳さんのことを教えて」

気が滅入《めい》ってならない。蕎麦を食べ終わっていたが、店の者は器をさげに来なければ茶も換えなかった。

混んでいないからいいようなものの、蕎麦を喰ったままでいつまでも粘るのも気が引ける。食べ終えた下女のトシは所在なさそうに、ときどき空になったザルを見ていた。

「もう一枚喰うか」

「ううん、あたしはいい。徳さん、食べなさいよ」

食べる気にはなれなかった。仕事のほうは終わっていたので、時間を気にすることもない。

「飲むかい」

お仙はちいさく首を振った。

「徳さん、飲みなさいよ」

少し迷ったが註文《ちゅうもん》した。トシにもう一枚どうだと言うと、じっと見てからうなずいたので蕎麦を頼んでやった。酒が来るまで、どちらも話し掛けようとしない。

酒が来た。小女が猪口《ちょこ》を二つ置いていったので、両方にちろりから注いだ。

徳次は飲んだが、お仙は手を伸ばそうとしなかった。

「それからの、徳さんのことを教えて」

お仙がためらいがちに、おなじ言葉を繰り返した。

一家が長屋を出なければならなくなった事情はわかったが、徳次が本当に知りたいのは以後のことである。慰め、できることなら力になってやりたいと思ったが、考えるまでもなく、それはお仙の心の古傷に触れることにほかならない。だからお仙も、徳次のその後に話題を変えようとしたのだ。

知りたくはあったが、お仙が自分から話すのを待つしかなかった。だが、果たして話すことなどあるだろうか。

それでなくとも苦しんだお仙に、さらなる苦痛を与えることはできない。ひと呼吸置いて徳次は言った。

「十一の齢になって腹違いの弟が生まれた」

「又造さん」

先日、それも一度言っただけなのに、お仙は名を覚えていた。

「又造が生まれると、あの女が本性を現したんだ」

外面《そとづら》と内面を使い分けて、徳次に辛《つら》く当たるようになったのである。人のいるところでは、それまでどおりやさしい継母を演じ続けた。

父の又吉は気付かないが、徳次は打ち明けなかった。紺の耳に入れば、さらにひどい仕打ちを受けるのがわかっていたからだ。

手習所にも行かなくなった。いや、行けなくなったのだ。母のお夕は内職をして、年に何度かに分けて納める謝儀《しゃぎ》を作ってくれたが、紺がそんなことをする訳がない。

もっとも六歳から通っていた上に利発な徳次は、人並み以上に読み書き算盤《そろばん》ができた。だからほどなく奉公することになっても、引けを取らずにすんだのである。

朝飯を喰うと長屋を飛び出し、徳次は仲間を集めて遊び惚《ほう》けた。

飯にもどると又造が這《は》い寄って来る。困ったことにたまらなく可愛いのだ。紺は他人だが、又造は半分血の繋《つな》がった弟である。邪険にする気になれなかった。

「徳次、おまえ何歳《いくつ》になったんだい」

ある日、昼飯を喰いにもどると、知っているくせに紺がそう訊いた。

「十一」

「なら一人前だ。遊んでばかりいないで、奉公に行かなきゃ」

「やだね。おれは商人《あきんど》や職人には向いていない」

「やってもみないで、向き不向きがわかる訳ないじゃないかね。とうさんの跡を継ぎたいのかい。雨降り風間病み患いと言って、雨や強い風が吹く日が続いたら、いや、いくら上天気でも、病気になったり怪我をしたりすると、御飯《おまんま》の喰いあげになってしまうんだよ」

「親父の跡は継がねえ。奉公に出る気もねえよ。飯よそってくれ」

「奉公に行くならね」

「行かねえ」

「だったらご飯は抜きだ」

「飯、喰わせてくれーェ！」

叫ぶと紺は徳次を睨《にら》み付けた。

「継子《ままこ》だから、喰わせないんだな」

さらに大声を出すと、紺はあきれ果てたという顔になった。

「長屋中に知れてしまうじゃないか。わかったよ。よそってやるよ。ほんとになんて餓鬼だろう。親の顔が見たいよ」

「そんなあれこれがあったのさ。しかし、いつまでも油売ってる訳にもいかんし、お仙もそろそろ帰らんとまずいだろう」

お仙は寂しげな笑顔を浮かべ、一瞬のためらいを見せてから言った。

「徳さんのお嫁さん、どんな人」

意表を衝《つ》かれ徳次は狼狽《ろうばい》した。

「いねえよ、そんなもん。いる訳ないじゃないか」

「嘘《うそ》」

「嘘吐《つ》いたってしょうがねえだろう」

「好きになった人は」

わずかな間を置いて徳次は言った。

「それもいねえ。紺を、あの厭《いや》な女を見てたんで、女の人をちゃんと見れなくなったのかもしれんな。女ってあんなもんだって思ったから、近付かないようになったのだろう」

「世の中、お紺さんみたいな人ばかりじゃないわ。徳さんのおっかさん、お夕さんはやさしかった。あんな女《ひと》が現れたら、徳さん、一度で好きになると思う」

徳次は小女を呼んで勘定をした。釣銭を待つ。

「徳さんを好きな人は一杯いると思うな。徳さんはあのころから親分肌だった」

小女が釣銭を渡すのを潮に、お仙をうながして店を出た。

奉公先を教えようかと思ったがやめた。教えたところでお仙にすればどうしようもないし、相談されたとて、徳次は応じることができないからである。

「困ったことがあったら相談してくんねえ」と言えたらどれだけいいだろうと思いながら、手をあげて右と左に別れたのであった。

若い女二人なので心配ではあったが、内藤新宿までは大通りの一本道なので大丈夫だろうと自分に言い聞かせた。

もう十一年にもなるのか、と感慨深いものがあった。だが、つい昨日のような気さえする。

五

四谷御門の手前で道を北に、濠沿《ほりぞ》いの道を取ると遠廻りになってしまう。

徳次は御門を抜けると武家地を縫って市谷御門《いちがやごもん》まで行き、長い一直線の三番丁通りをひたすら歩いた。九段坂をおりて俎板橋《まないたばし》を渡り、しばらく武家地を進むとやがて八ツ小路に出る。

十二歳まで住んでいた皆川町に近いが、武家地から町家に移り、佇《たたず》まいが一変した。塀が連なって閑散とした武家地とちがって、行き交う人が増え、にわかに雑踏して感じられた。

筋違《すじかい》見付内の広小路は火除《ひよけ》御用地だが、道が四通八達しているので、八ツ小路とか八《やつ》口《くち》の呼び名がある。名の由来は昌平橋《しょうへいばし》、一口《いもあらい》（芋洗）坂《ざか》、駿河台《するがだい》、三河町筋《みかわちょうすじ》、連雀《れんじゃく》町《ちょう》、須田町《すだちょう》、柳原《やなぎはら》、筋違御門に通じているからだ。

徳次は神田川に沿って柳原通りを両国広小路に向かい、少し手前で浅草橋を渡ると、日光街道を北に進んだ。そして右前方に駒形堂が見えたとき、どっと疲れが出て休憩せずにはいられなかったのである。

一合しか飲まなかったこともあるが、酒気はすっかり抜けていた。

ふらふらと駒形堂に向かった徳次は、裏手の石に崩れるように腰をおろした。すると不意にお仙の顔が眼前に浮かび、声が耳に雪崩《なだ》れこんできた。

「徳さんのお嫁さん、どんな人」

「好きになった人は」

「徳さんを好きな人は一杯いると思うな」

その三つが繰り返し聞こえ、やがて三《み》つ巴《どもえ》になって渦を巻き始めたのである。

「徳さんのお嫁さん、どんな人」

最初にお仙にそう言われたとき、徳次は頭か心のどこかが激しく軋《きし》むのを感じた。

お仙の一家が長屋からいなくなったのちも、なぜそうなったかを知らないこともあったが、徳次は心のどこかでかならず逢えると思っていた。「おおきくなったら、あたいは徳次さんのお嫁さんになるの」と言い続けたお仙を迎えることを、胸の奥では当然のように思っていたのだ。

それがあり得ないことが、はっきりとわかったのである。と同時に、心が打ち砕かれてしまった。

「好きになった人は」と聞かれ、紺を見ていて女性不信になったようなことを言った。だが考えてみるとお仙と結ばれるとの思いが胸にあったので、特定の女性と親しくなりそうになると、無意識のうちに距離をおくようにしていたという気がする。

いや、そうしていたのだと気付かされたのである。わずか一刻（約二時間）か一刻半（約三時間）ほどまえに。

母のような女《ひと》が現れたら、徳次は一度で好きになると思うとお仙は言った。それは徳次の嫁になるためには、お夕のような女にならねばと思っていたからにちがいない。

お仙が今でも、徳次を好いてくれていることは強く感じている。そして自分がお仙を妻にしたいと願っていたことも、今はっきりとわかった。

だが、わかったときにはすでに遅かったのである。お仙は知らぬ男の囲われ者となり、どう足掻《あが》いても手の届かぬところにいたからだ。

ほんの数刻まえには、その気になれば触れることができた。それが今では、夜空の星ほども遠くなってしまった。

お仙の父の博奕と徳次の母の風邪。人生なんて、ちょっとしたことで簡単にひっくり返ってしまうものなのだ。

櫓《ろ》を漕《こ》ぐ音がして、舟がゆっくりと大川を溯行《そこう》している。小波がひたひたと岸を打つ音がした。

徳次はわれに返った。音だけの世界にいることに気付いたからだ。すでに逢魔時《おうまがどき》であった。長いあいだ、ぼんやりとしていたのである。

不意にお仙の顔が目のまえに浮かびあがった。黒目がちな瞳と愛くるしい唇、瓜実顔のお仙は笑っていた。だが寂しそうな笑いで、ゆっくりと泣き顔に変わっていく。

なにもかも定めだったのだ。一刻も早く忘れるしかない。忘れねばならないのだ。そう心に決めたのに、お仙の言葉が蘇った。

「徳さんのお嫁さん、どんな人」

どれほど切ない思いで訊いたのだろうかと思うと、胸が塞がる。訊かずにいられなくて言葉にしながら、お仙は激しく後悔したのではないだろうか。

そのとき自分を呼ぶ声がして、徳次は現実に引きもどされたのである。

信吾に声を掛けられて打ち明けるに至るまでの経緯《いきさつ》を話しているあいだに、徳次の顔はすっかり赤くなっていた。せいぜい一合か二合と言っていたが、どうやら控え目に言ったのではなかったようだ。

あるいはお仙のことを話した、羞恥のためだったのだろうか。

「やはりわたしは、そっとしておいてあげなければいけなかったのですね」

打ち明け話を聞き終えたときの、それが信吾の正直な気持であった。ところが徳次は、思い掛けないことを言ったのである。

「いいえ、あれで救われたのです」

「えッ、だって」

「てまえは自分のことしか考えないで、お仙の気持に心が至りませんでした。あのままでは船に積んだ荷が片寄ってしまって、ひっくり返るしかなかったのです。そのことに席亭さん、じゃなかった、信吾さんが気付かせてくれました。もし声を掛けられぬままで、見世にもどったとしましょう。番頭さんに報告して食事をすませば、飲みに出ずにいられなかったはずです。なにしろ八方塞がりで、どうしようもなかったですからね。壁が分厚くて出口のない檻《おり》に閉じこめられたようで、どろどろとした思いが胸に蟠《わだかま》っていましたから。どうなったかは火を見るより明らかじゃありませんか。酒は強くないのに、ヤケになって飲めば酔い潰れてしまって」と、徳次は船が転覆するさまを手で示した。「そんな無様なことでは、解雇《くび》にならずにすむ訳がありません。あのとき信吾さんが声を掛けてくれて、ほんの一部でしたが話すことができました。それで助けられたのです」

一方的に言われても、信吾はしっくりこないので曖昧な言い方をするしかない。

「だったらよろしいのですが」

「少し話しただけなのに、駒形堂に辿《たど》り着いたときとは較《くら》べることができぬほど、身も心も軽くなっていましたから」

自分でも信じられなかったと徳次は言った。胸に重石《おもし》が載せられたようだったのに、いつの間にか消えていたからである。

だから信吾に家に来ないかと誘われたとき、すっかり迷ってしまったとのことだ。なぜなら将棋会所の席亭と客でしかない相手に、自分の秘密を打ち明けることを意味するからである。

それはなんとも恥ずかしい。昨日駒形堂で話したのはほんの表面的なことだったが、今度はもっとこみ入った話にならざるを得ない。家のことや継母にも触れねばならないだろう。

「だけど思い切って話したなら、苦しさから逃れられるかもしれないとの期待が、次第に膨れあがりましてね。少し聞いてもらっただけで、あれだけ胸の痞《つか》えが和らいだのだから、すっかり打ち明ければどれだけ楽になるだろうと、その思いに勝てなくなってしまったのです」

「そうしますと、いくらかではあっても楽になられたのですね」

「いくらかなんてものではありません。すっかり心が軽くなりました。てまえはですけれど」

「と申されますと」

「お蔭《かげ》でお二人、信吾さんと波乃さんに、とても厭な思いをさせてしまいました」

「いえ、それはありません」

信吾と波乃は同時にそう言って、思わず顔を見あわせた。

「さすが、めおと相談屋さんですね。息がぴったりじゃないですか」

いかにも愉快でならないというように笑ったが、それが信吾の見た徳次の、初めての笑顔であった。

徳次に言われてふたたび二人は顔を見あわせたが、その目が徳次に向けられた。それから三人は、なんども互いを見ることを繰り返したが、次第に笑みが浮かび、やがて声を出して笑い始めた。

ひとしきり笑うと、徳次は両手を持ちあげた。冷静になるように場を鎮めようとしたのかと思ったが、そうではなかった。空中に図を描き始めたのである。なんの商売か知らないが、徳次は普段もそのようにして客に説明しているのだろう。

どうやら天秤のようであったが、徳次はその片方をぐんとさげた。

「信吾さんが丁度いい錘《おもり》を載せてくれたので」と、傾きを水平にもどした。「釣りあいを取ることができました、心のね」

「釣りあいが取れたとおっしゃいますが」

「今日、お邪魔してお仙とのことを話しているうちに、今まで見えなかったことが見え始めた気がしたんです。話をするまで考えたこともなかったのに、話しているうちに、あ、そうだったのだと気付かされましてね」

「あら、どういうことにかしら。ぜひ、伺いたいわ」

　波乃は次第に徳次に興味を持つというか、その誠実な話し方に惹《ひ》かれ始めたようだ。目の輝きが強くなっていた。

「駒形堂で信吾さんと話したとき、十一年ぶりに内藤新宿で偶然、お仙と出会った話をしました」

「はい。それがそもそもの始まりでしたね」

「偶然のようであっても、会うべくして会ったのだと信吾さんはおっしゃった」

「偶然の積み重ねのように思えても、一つ一つについて見直すと、そのときそのときに選んだことの結果だとしか思えないことがよくあります」

「てまえはお仙に対して、ある一面しか見ていなかったのではないかと、お二人に話しているうちに次第に思うようになったのです」

「と申されますと」

「父親が博奕に負けてたいへんな借金を作ったから、お仙はどん底に突き落とされた、犠牲になった可哀想《かわいそう》な娘だと、そんな目で見ていた気がするのです。もちろんそうなったのは事実にちがいありませんが、だがその見方は世間一般の、つまりお仙を上から見おろす、周りの人の目とおなじではないだろうかって」

「どういうことでしょう」と、言ったのは波乃であった。「つまり同情するばかりで、お仙さんの気持を少しも考えてあげていないのではないか、ということかしら」

徳次は腕をあげて右手の人差し指と中指を突き出し、そうだそうだとでも言うように何度も上下させた。

「身に火の粉が降り掛かったのですから、お仙にすればとんでもない災難でした。そのままだと夜逃げか一家心中しかありませんから。ただ、両親を苦境から救う方法がない訳ではありません」

信吾にも、徳次の言わんとしていることがわかった。

「両親を救えるたった一つの方法を、お仙さんは健気《けなげ》にも自分から選んだ、とおっしゃりたいのですね」

「もちろん、気の毒です。可哀想でなりません。ですが、気の毒だ、可哀想だ、どうしようもなかったんだよと、そういう目で見てはお仙に対して失礼だという気がするのです。むしろ、よく決心した。だれにもできることではない。お仙のやったことは立派だよと、口では言わなくても、心の裡《うち》で褒めてやるべきだと気付いたのです」

波乃が懐から手巾《しゅきん》を取り出して、そっと目に当てたのを徳次が見て、すぐ目を逸《そ》らした。

「勘弁してください。波乃さんを泣かせてしまいました」

「ごめんなさい」

「謝らなければならないのは、てまえのほうです。どうしようもない男ですね。さっきは厭な思いをさせたばかりなのに、今度は悲しませてしまうのだから」

「悲しくて泣いたのではありません。徳次さんとお仙さんのようなお二人こそいっしょになるべきだと思うと、切なくてつい涙が溢《あふ》れてしまいました」

「てまえがこんな話をしたばかりに」

「いえ、ちがいます。それに先ほど厭な思いをさせたとおっしゃいましたが、あたしたちは厭な思いなどまるでしていませんから」

どういうことでしょうか、とでも言いたげに徳次が信吾を見た。

「暗い話、悲しい話なので、わたしたちの気が沈むだろうと、徳次さんはお考えかもしれませんね。ですが相談屋に見える人たちは、本当にいたたまれないほどの悩みで苦しんでおられます。それを解きほぐし、少しでも軽くしてあげることが、わたしたちの役目なのです。そんなわたしたちがいちいち厭な思いをしたり、気持が暗くなったりしていては仕事になりませんから」

「そうかもしれませんが、明るく楽しい悩みなんてありませんからね。仕事とはいえ、毎度のように暗い話を聞かされていては堪《たま》らないでしょう」

「ええ、堪りませんね」

　まさかすなおに認めるとは思ってもいなかったからだろう、徳次は目を円くした。

「ですが何回かに一度は、解決法を見付けてあげることができます。そのときのお客さまの、なんとも言えぬうれしそうなお顔を見ると、厭な思い、辛いことはすべて吹き飛んでしまうのですよ。だからこそ、この仕事を続けられるのでしょうね」

「変な言い方かもしれませんが、根っからの相談屋さんなんですね、信吾さんと波乃さんは。なぜかすごく話しやすいのですよ。話しているうちに、この人にはきっとわかってもらえると、そんな気がするのですかね」と、徳次は何度もうなずいた。「だから、よろず相談屋が繁盛しているのだと納得できました」

「繁盛だなんて、とてもとても。ひたすら奮闘しているだけです」

　いくらか苦い笑いを交えて信吾がそう言うと、波乃が相鎚を打った。

「それに、繁盛しているように見えるとしたら、それだけお困りの人が多いということですから」

「本当は、悩みのない人たちだけの世の中になればいいのでしょうが」

「相談屋さんの商売が、あがったりになってしまいますね」

「いえ、なんとか食べてゆくことはできます。将棋会所が」

「繁盛してますから」

冗談が言えるのだから、徳次はかれが言ったように、かなり明るさを取りもどしたということだろう。

そのとき金龍山浅草寺の弁天山で、時の鐘が五ツ（八時）を告げた。それを潮に徳次は引き揚げることになった。

信吾は日光街道まで見送ることにした。

「自分で選んだのではないとしても、十一年もまえにべつべつの道を歩み始めたのですからね。あまりすぎたことばかり考えず、今とこれからに目を向けて生きて行こうと思います」

「それがいいかもしれません。すぎたことも大事ですけれど、徳次さんがおっしゃったように、今とこれからを大切にすべきでしょうね」

話したくなったらいつでも声を掛けてくださいと言って、信吾は諏訪町《すわちょう》との境の木戸で徳次と別れた。

六

「ごめんなさいね」

もどるなり波乃に謝られた信吾は、あるいはと思ったが気付かぬ振りをした。

「お客さまのまえで泣いたりして」

「笑い上戸の波乃が泣いたので少し驚いたけど、謝ることはないだろう」

「徳次さんに、とても気を遣わせてしまいましたもの。泣いてはいけないと頭ではわかっていたけれど、体が言うことを聞いてくれなくて」

「それだけ話を真剣に聞いていたということだから、徳次さんにもわかってもらえたと思う」

「むりにご自分に言い聞かせたみたいで、痛々しかったわ。諦めるしかないのだからって、納得するしかなかったのでしょうね」

「身につまされたよ。なんと言っても、おない年だから」

「お二人とも二十一歳ですものね」

「波乃とお仙さんのことさ。十八歳だろ」

「そうでした。でも人って、いつどうなるかわかりませんね」

「それだけに、日々を大事にしなければならないということだよ。とすれば一本、燗《かん》を付けてもらおうか」

日々を大事にしなければならないことと、燗を付けてくれとの頼みにはなんの関係もない。こじつけでしかなかった。

徳次がせいぜい一合か二合と言ったので話をあわせたが、信吾はもう少し飲める。それよりも飲み終えたことに気付かず、徳次の話に聞き入っていたせいか、酔いはすっかり醒《さ》めていた。

「床は」

「徳次さんを見送りに行かれているあいだに、延べておきました」

「日々を大事にしなければね」

「まあ」

信吾の冗談に顔を赤らめ、波乃は頰を押さえながらお勝手に消えた。

日が経っても徳次は姿を見せなかった。仕事の都合が付かないからだろうが、三日、五日、七日とすぎて、十日目になるとさすがに気になる。

将棋会所は日々そこそこの客入りだし、別料金をもらっての対局もあれば指導対局もあった。また手習所が休みの一日、五日、十五日、二十五日には、子供客を集めて、あるいは個別に教えることもある。

　不定期ではあるが相談屋の客が訪ねて来るし、伝言箱に連絡用の紙片が入れられることもあった。信吾は相手が指定した場所に出向いて話を聞いたり、相談に関しての調べ事をしたりと、それなりに時間を取られていた。

　よくわからないことがあると、父の正右衛門や仲人をやってもらった武蔵屋彦三郎、また名付け親の巌哲和尚に教えてもらうこともあった。悩みを解決できて感謝されることもあれば、どうにも手に負えなくて落ちこんでしまうこともある。

「徳次さん、お見えになりましたの」

　別れてから十日目の昼であった。常吉と入れ替わりに母屋に食事にもどると、さすがに気になるのだろう、波乃がそう訊いた。

「仕事が忙しいのかな。以前にも半月ほど姿を見せないことはあったし、かと思うと続けて来ることもあるからね」

　とは言ったものの、わずかであろうと空き時間が取れれば、指しに来ていただけに気にならない訳がない。

　あるいは照れくさくて来れないのかなとも思った。信吾と波乃は根っからの相談屋で、なぜかすごく話しやすいと徳次は言っていた。あとになって自分がつい調子に乗って喋《しゃべ》りすぎたことに気付き、ばつが悪くて顔を見せられないのではないだろうか。

とはいうものの「去る者は日々に疎し」の諺《ことわざ》もある。気になってはいても、日々の営みの中で徳次を思い出したり、考えたりすることは次第に間遠になっていった。

二ヶ月ほどがすぎた日の午後のことである。大黒柱の鈴が二度、間を置いて鳴った。

——徳次さんだ。

信吾は直感した。

波乃と暮らすようになったとき、将棋会所の隣家が空き家になったので借りて、信吾はそちらに移った。小僧の常吉にどうするかと訊くと、新所帯の信吾たちに遠慮してか、会所で寝起きすると言ったのである。

十三歳になったばかりの常吉一人では心許《こころもと》ないので、仔犬《こいぬ》をもらって番犬に仕込むことにした。さらに将棋会所と母屋の大黒柱に鈴を取り付けて、なにかあれば紐《ひも》を引いて連絡を取りあうことにしたのである。

合図は食事の用意が整えば一度、来客があると二度、そのほかが三度で、念のため少しのあいだを置いて二度ずつ鳴らすことにしていた。緊急の場合や危険が迫ったおりには、鳴らし続けるのである。

鈴が鳴ったときは、対局も指導もない待機状態であった。空いた席に坐って本を読んでいた信吾は、甚兵衛と常吉にあとを頼んで母屋に向かった。

境になっている生垣に取り付けられた柴折戸《しおりど》を押して母屋側の庭に入ると、八畳の表座敷に坐った人物が信吾に気付いてお辞儀した。やはり思ったとおりである。

「徳次さんじゃありませんか。懐かしい。会いたかったですよ」

「席亭さん、ではなかった、信吾さん。すっかりご無沙汰いたしました」

すぐ隣に若い女性が坐っていて、恥ずかしそうに頭をさげた。瓜実顔に柳の眉をしているのでお仙だと思ったが、声を掛けることはしなかった。お仙の顔を知らないのだから、迂闊《うかつ》なことは言えない。

あれから二ヶ月がすぎているので、どんな事情があってお仙以外の女性との、急な婚儀が纏まったともかぎらないからである。

うっかりお仙の名を出して万が一別人であったなら、取り返しの付かないことになってしまう。その辺りに関して、相談屋をやってさまざまな経験をした信吾は、慎重にならざるを得なかった。

「いろいろとあったらしいのですが」と、波乃が信吾に笑い掛けた。「ともかく信吾さんといっしょに聞かせてもらおうと、話したくてうずうずしてらっしゃる徳次さんに、我慢して待っていただいたの」

信吾が波乃の横に坐ると徳次が口を切ろうとしたが、波乃がそれを抑えた。怪訝《けげん》な顔をした徳次に波乃が言った。

「お茶が入りますから、咽喉《のど》を潤してから、たっぷりと話していただきますね」

「ようこそいらっしゃいました」

声と同時にモトが姿を見せて、それぞれのまえに湯呑茶碗《ゆのみぢゃわん》と菓子を置くと、一礼してさがった。

茶を口に含み、ゆっくりと飲み干してから徳次に顔を向ける。

「実は思いも掛けぬことになってしまいまして」と言ってから、徳次はあわてて付け足した。「あ、そのまえに、幼馴染のお仙です」

「仙です、初めまして。よろしくお願いいたします」

「信吾と申します」

「波乃でございます」

徳次が連れて来たからには、信吾と波乃のことを話していることはまちがいないが、どの程度かわからないので、うっかりしたことは言えなかった。

「思いも掛けぬこととおっしゃいましたが」

「としか言いようがないのです」

そう前置きして徳次は語り始めた。相談客からさまざまな信じ難い話を打ち明けられたことのある信吾も、さすがに驚くしかなかった。

徳次は精一杯の注意を払って、可能なかぎり露骨にならぬように話したはずだ。しかし事情が事情だけに、曖昧にぼかすと却《かえ》って想像力が刺激されてしまうのである。

途中からお仙だけでなく波乃も、赤らめた顔をあげることができなくなってしまった。十日と少しまえになるが、お仙を囲っているご隠居が久し振りに蒲団《ふとん》に這入《はい》ってきたとのことだ。なんとか自分を奮い立たせたのだろうが、若い体に興奮しすぎたせいか「うーん」と唸《うな》り声《ごえ》をあげると、そのまま息絶えてしまったのである。心の臓を患っていたのかもしれない。

お仙の驚くまいことか。恐慌に陥ってしまったのは、ご隠居の家族や連絡先を知らなかったからだ。それればかりではない、ご隠居の名前すら知らなかった。そんな馬鹿なと、だれだって思うだろうが事実である。

もちろん訊いたし、なんとかして言わせようと仕向けたが、ことごとくはぐらかされてしまったのである。ご隠居でいい、それでなんの差し障りもないから、というのが返辞であった。

ご隠居は家族にも知りあいにも言わず、秘《ひそ》かにお仙を囲っていたのである。そう言えば妾宅に人が訪ねて来たことはなかった。

来るのは野菜や魚を商う棒手振《ぼてふ》りの行商人くらいで、その相手は下女のトシがした。蜆《しじみがい》貝売りの少年、納豆売りの婆さん、豆腐売りの相手など一切をトシが引き受けていた。

町内会の集まりや寄附集めなどに関しても、ご隠居のほうで処理しているらしく、来たことがない。トシに身の廻りの世話をさせ、湯屋に行くくらいしか外出を許さなかった。

あるいは妾に選んだのは、お仙を女衒に引き渡したあとで両親が姿を晦《くら》ませたこと、いない訳ではないだろうが親類縁者が少なく、しかも疎遠であること、などがおおきな理由であったのかもしれない。

お仙は自分の立場を弁《わきま》えていたし、相手が年寄りということもあってやさしく、そして丁寧に接したのである。それもあってだろうが、ご隠居はすっかりお仙が気に入ったようであった。

ご隠居が妾宅に来る日は決まっていない。数日置き、ときには十日も空くことがあった。来るのは昼間だけである。外出は湯屋くらいなので、月々の手当はそっくり残すことができた。

ある日、お仙は隠居に打ち明けられた。両親の借金とそれに関する証書類はすべて処理したので、お仙は自由の身であることを。もちろんご隠居の言う自由は、妾宅で静かにすごして年寄りの相手をするだけ、との条件を果たしてのことであった。

自分を囲っているご隠居が変死したのだから、自身番屋なり町を廻っている町奉行所の同心や手下の岡っ引に届けなくてはならない。あるいは町内の世話役や有力者に報せるなり相談すべきだろうが、ご隠居からなに一つ教わりも知らされもしていなかったお仙は、ただ途方に暮れるしかなかったのである。

七

迷った末にお仙が頼ったのは、内神田皆川町の長屋に住む鋳掛職の又吉、つまり徳次の父親であった。幼いころから実の娘のように可愛がってくれ、「おおきくなったら、あたいは徳次さんのお嫁さんになるの」と言っても、にこにこ笑っていた又吉しか、話せる人はいなかったのだ。

「継母の紺と一つ屋根の下に住むのが我慢できなかったあっしは、長屋を飛び出したのですが」

徳次はそのように続けたが、まえに話したときには自分のことを商人らしく「てまえ」と言っていた。それが「あっし」に変わっていた。あるいは商人でなくなったのだろうか。お仙といっしょになることで見世の主人と話がこじれ、解雇されたのかもしれなかった。

「ともかく喰ってゆかねばなりません。紺には職人や商人は向いていないしなる気もないと啖呵《たんか》を切りましたが、いざ働こうとしたら身元の引受人がいなければどこも雇っちゃくれないんです」

そりゃそうだろうが、長屋住まいで相談する大人もいない少年は、そんなことすらわからなかったのである。

徳次が頼ったのは、亡くなった母親お夕の兄であった。ちいさな古着屋を細々とやっている男だが、紺がこういう女なので長屋を飛び出したと打ち明けた。

まじめに奉公したいのだが、紺を後妻に据えた父を頼ることはしたくない。父や紺には内緒で働きたいが、そのためになんとしても身元引受人になってほしいと懇願した。

一生のお願いですと両手をあわせられ、伯父は引き受けたが、仕方なくというのが本音だったかもしれない。

「お蔭で、なんとか奉公できるようになったのですがね。伯父は小心者でその秘密、つまりあっしに相談され身元引受人になったことを親父に話したんですよ。そのころはまだ紺がいっしょだったんで、絶対に洩らさないようにと断ってね」

「それは、長屋を出られたころですね」

「二年ほどは我慢したようですが、程なく男を作って逃げました、あの女は。鋳掛屋なんて地味な仕事なので、ただ生きてるだけにしか見えなかったんでしょうね。飲み屋で客の相手をしていたのかどうか知りませんが、働かなくていいならと親父の所に転がりこんだのだと思います。ところが思った以上に貧乏で退屈なので、どうにも我慢できなかったのでしょう。あ、いけない。信吾さんと波乃さんを驚かせることが、もう一つありまして」

徳次に言われて二人は顔を見あわせた。

「ここまでだってたいへんな驚きなのに、まだこれ以上の驚きがあるのですか」

「あっしとお仙は子持ちになったのです。驚いたでしょう」

「当たりまえですよ。夫婦になると聞かされたばかりなのに、早々と子供まで作ってしまったのですか」

「信吾さんは相談屋さんだけにうまいなあ、話の引き出し方が。本当はなにもかもお見《み》透《とお》しなんでしょ」

「徳次さんの勝ちですね、信吾さん。おわかりなんでしょう」

「波乃に言われて、ようやくわかりました」とわざとらしく、幇間《たいこもち》がやるように信吾は額を掌《てのひら》で叩いた。「おめでとうございます。又造さんを養子になさるのですね」

又造は又吉と紺の子供、徳次の腹違いの弟である。十歳年下の異母弟が、義理の息子になるということだ。

「親父は又造を連れて、鋳掛の仕事で町廻りをしているそうです。それじゃ、とてものこと仕事になりません。お仙とも話したのですが、あっしは又造を引き取ることにしました。ゆくゆくは親父も引き取るつもりです」

波乃がちらりと横目でお仙を見たのは、あなたはそれでいいの、との思いからだろう。

「お紺さんのことは徳次さんから聞きましたから、あたしは又造さんを引き取ったら、お夕さんのような母親になります」

お夕はお仙が手本にしたいと思っている、亡くなった徳次の実母であった。徳次がうなずいた。

「もしもあっしらに子供が生まれても、区別なく育てようと話しあいました」

「やさしいだけではだめですよ」と、波乃が言った。「厳しくしなければならないときは厳しくね。やさしさと厳しさの両方が子供には欠かせないのです。子供のいないあたしが、偉そうなことを言うには訳がありまして」

波乃が信吾といっしょになって「よろず相談屋」を「めおと相談屋」に改めたが、波乃が最初に受けたのが三人の姉弟からの相談であった。その子たちはもらわれっ子で、まだ下に幼い妹が二人いた。

子供たちに相談されて波乃は信じられぬ思いをした。なぜなら養父母がやさしすぎると言うのである。

やさしくされてなにが不満なのかと訝《いぶか》ったが、そのために同年輩の子供たちから、からかわれたりいじめられたりすると聞いて、波乃はさらに驚かされた。

親は子供にやさしいだけでなく、厳しい一面も持ちあわせている。ところがその子たちの親はただやさしい。ひたすらやさしいとのことだ。

注意されることはあっても叱られたことなど一度もないのは、実の子供でないからというのが、からかいやいじめの理由である。だから普通の子供のように叱ってもらいたいのだが、やさしい親にそんなことは頼めない。どうしたらいいでしょうとの相談であった。

大人にとっては悩みでもなんでもないと思えるのだが、その子たちにとってはたいへんな悩みなのだと知って、波乃はおおいに驚かされた。一番年長の子が縫ったちいさな袋には、お金がぎっしり入れられていた。波銭も混じっていたが、ほとんどが一文銭である。

小遣いやお駄賃を、五人がせっせと貯《た》めたのだという。それを知ったら、いくら相談屋の看板を挙げているからといって、相談料を受け取る訳にいかない。

波乃は子供たちに助言したが、お蔭で養父母にもわかってもらえたそうだ。養父母も子供たちがそんなことで悩んでいるとは、思いもしなかったとのことであった。

相談料を預かっていた波乃は、お礼に来た子供たちと日本橋に出掛けた。ある品を相談料で買って、養父母に贈り物とするように渡したのである。

「なんだと思われますか」

波乃がそう言うと徳次とお仙は顔を見あわせた。五人の子供たちから養父母に、というだけでは見当も付かなかったのだろう。

「おそろいの、めおと箸でした」

波乃が明かすと、徳次とお仙は思わずというふうに顔を見あわせたが、その驚きようが不自然なくらい大袈裟《おおげさ》に思えた。

「ご両親がとてもお喜びになったそうでしてね。そんなに喜ばれるとは思っていなかったらしく、だったらと、あたしたちにも買って来てくれたんですよ、めおと箸を。あら、どうなさったの」

二人が、特に徳次がなぜかもじもじしているのである。困惑顔を隠せないでいたが、お仙に目顔でうながされて、しかたないというふうに徳次は話し始めた。

「駒形堂の裏手で信吾さんに声を掛けられましたね。あれがきっかけで風向きが変わったような気が、いえ、明らかに変わったのです」

半月もせぬうちに、徳次は一番番頭に呼ばれた。

なにか不始末を犯したのだろうか。もしかすると、仕事はほぼ片が付いていたのに、お仙と会うために理由を作って内藤新宿に出掛けたことを咎《とが》められるのだろうか。まさか二人で会っているところを、だれかに見られた訳ではあるまいが、などとさまざまな思いが胸の裡を駆け巡った。

「旦那さまとも、よくよく話しあったのですがね」

番頭にそう言われ、胸の動悸《どうき》が一気に早まった。相手が間を取ったのは、さすがに話しにくいからだろう。やはり解雇の宣告にちがいないと、徳次は覚悟したのであった。

「徳次に京都店《だな》の係になってもらうことにしました」

　言われて徳次は特大の溜息を吐いた。

「どうしました。がっかりしたようですが」

「いえ、とんでもないです。あまりにも意外だったものですから、びっくりしました」

「がっかりでなくてびっくりですか。おもしろい人だ。では、やってもらえますね」

「もちろん、やらせていただきます」

「数日のうちに旦那さまから見世の者に告げますから、それまでは他言せぬように。京都店の係になるについては、名を改めねばなりませんが、旦那さまは徳兵衛《とくべえ》をお考えです。徳次はどう思う」

「はい。とてもいい名前で、ありがたいことでございます」

「このことも、旦那さまが告げられるまでは内々のことだから口外せぬように。よろしいか。では、以後も励みなさい」

　京都店の係は番頭の下で本店との遣り取りをするが、一番出世を意味した。

　商人も武士の元服のように、ある時点で名を改める。商売や見世によってもちがっているが、十四歳から十六歳くらいでの改名が多いようだ。取引先との関係で、小僧名では都合が悪いからだろう。

徳次の見世ではほかとはかなりちがっていて、なにかの係になると改名することになっているらしい。

「すると徳次さんではなくて、これからは徳兵衛さんと呼ばなくてはなりませんね。徳兵衛さん」

「徳次でも徳兵衛でも、どちらでもかまいません」

「徳兵衛さんのほうが、商人らしくていいですよ。徳兵衛さん」

波乃もおなじように徳兵衛を繰り返したので、それじゃまるで大安売りじゃないですかと大笑いになった。

「ところで徳兵衛さん」

「改まってなんでしょうか、信吾さん」

「今おっしゃった京都店の係の件は、木々の新芽を育てたり桜の蕾《つぼみ》を膨らませたりする、いわば木の芽《こめ》萌やしの雨のようなものですね」

「おや、風から雨に話題が変わりましたか」

「惚《とぼ》けていないで、満開になった桜の話をしていただかなくては。今日お見えになられたのは、それを話してくださるためでしょう」

「席亭さんの攻めは電光石火との定評がありますが、さすがに鋭い」

「ここでは席亭ではなく信吾です。で、おおきな風が吹いたのですね」

「信吾さんの攻めも鋭い。とても逃げられませんね」と笑ってから、徳次、いや徳兵衛は真顔になった。「ある日、見世に伯父が、母の兄がやって来まして、お仙の身の上に起きた信じられぬような出来事を話してくれました。そして突然、徳次の気持はどうなんだと迫られたんです」

伯父は、その時点ではすべてを語った訳ではない。囲っていた隠居が急死したので、拠《よ》り所《どころ》を喪《うしな》ったお仙が又吉を頼って来た。まだ子供だった頃から二人が夫婦になればいいと思っていた又吉は、徳次といっしょになる気はあるかとお仙に訊いたとのことである。

お仙の気持をたしかめると、そうなれたらいいですが、事情が事情だけに徳次さんがなんとおっしゃるか、とのことだったそうだ。事情とは、妾として囲われていたことをどう思っているか、だろう。そのような経緯があって、又吉に相談された伯父が徳次本人の気持をたしかめに来たのである。

両親の急場を救うためで、お仙が自分から選んだ訳ではないから、それについての拘《こだわ》りは持っていないと徳次は答えた。それは、いっしょになってもいいという軽い気持なのか。どういう事情であろうと夫婦になりたいとの強い思いなのか、と伯父はほとんど詰問と言っていい訊き方をした。

お仙といっしょになれるなら、借金が残っていても働きながら返していきますし、行方知れずになっているお仙の両親をなんとしても探し出しますと、徳次はきっぱりと言った。すると伯父はおおきくうなずいて、であれば話すがと言って、借金はお仙のためを考えてご隠居が処理していたことなど、さまざまな事実を教えてくれたのである。その時点で、ご隠居に関することは明らかになっていた。変死したこともあり、奉行所の調べが入ったからである。

又吉と伯父はご隠居の住まいを訪れ、あるじと話を付けていた。なにしろ家族にすら内緒で、孫と言っていい年齢の娘を囲っていたのである。なるべく世間に知られたくないこともあって、話しあいは穏便に進められたとのことであった。

「繰り返しになりますが、駒形堂の裏で信吾さんに声を掛けられたことから、すべてがいい方向に廻り始めました。なんだかとんでもない運をもらったようで」

「当然でしょうね」

「えッ、どういうことでしょう」

「わたしは稀に見る、強運、強い運の持ち主だそうです」

訳がわからないからだろう、徳次とお仙は顔を見あわせた。しかし波乃は、「そら始まった」とでも言いたそうな顔で笑っている。となれば信吾も気が楽だ。

「わたしは三歳のおりに大病を患い、三日三晩というもの高熱に苦しめられました。掛かり付けのお医者さんが匙《さじ》を投げたほどでしたが、奇跡的に一命を取り留めたのですよ。

名付け親の和尚さんによりますと、わたしは二人分の運を背負っているので、運気が頭抜けて強いんだそうです」

「その運をお裾分けしてもらったのだから、すべてがいい方向に動き始めたのも道理ですね。となると、こんな物では申し訳ないですが」と言って、徳次はお仙とのあいだに置いてあった風呂敷包みを示した。「これじゃ子供たちと変わらないですから」

徳次が風呂敷包みを解いて箱に収められた物を、信吾と波乃のまえに押し出した。

「お仙となにがいいだろうと相談して、毎日使ってもらえるものをと思ったのですが」

「見せていただいてよろしいでしょうか」

波乃が訊くと、徳次とお仙はそろってうなずいた。

箱から取り出したのは茶碗、それもめおと茶碗であった。信吾と波乃は手にすると目の高さに持ちあげたが、小枝にいくつも咲いた白っぽい花と梨の実が描かれていた。

「二人で、ない知恵を絞りましてね。なにがいいだろうと考えたのですが、毎日使ってもらえる茶碗で、絵は梨がいいだろうと」

「なぜ梨が」

「波乃さんのナと信吾さんのシが固く結ばれて一つになり、決して離れることがない」

「わあ、うれしい。こんな素敵な贈り物をいただいて、本当にありがとうございます」

「大切に使わせていただきます。ですが、よく梨の花と実の絵を見付けましたね」

もしかすると見付けたのではなく、頼んで描かせた特別註文品ではないだろうか。

「喜んでいただけて、探し出した甲斐《かい》がありましたが、めおと箸の、子供たちの贈り物のあとじゃ色褪《いろあ》せてしまいますね」

「あら徳次さん、ではなかった徳兵衛さん。あなたは、とんでもない勘ちがいをなさってますよ」

「え、あっしがですか」

「ご両親に贈り物をしたのは子供たちですが、めおと箸を選んだのはあたしですから。お忘れでしょうか」

徳次とお仙は顔を見あわせた。

「そうでした、波乃さんが選ばれたのでしたね」

「わたしが選んだめおと箸を、ご両親が喜んでくださった。だからあの子たちはあたしたちにも、めおと箸を贈ってくれたのです。すると徳次さんとお仙さんが、めおと茶碗をあたしたちに贈ってくれました。めおと箸とめおと茶碗がそろったのです。なんて素晴らしい組みあわせなんでしょう」

「駒形堂の裏手で、徳次さんに話し掛けてよかったですよ」

信吾がそう言うと、徳次とお仙は吹き零《こぼ》れるような笑みを満面に浮かべた。

「こんなことってあるんだなあ」

　徳次がそう言うとお仙は何度もうなずいた。

「お仙さんよかったですね」と、しみじみと波乃が言った。「辛いこと、悲しいこともあったでしょうが、不幸せはいつまでも続くものではないと思います。お仙さんはどんなときにも、めげないで精一杯のことをしてきましたからね。報われなくては嘘ですよ。不幸せの次には幸せがやってきます。順番からすればこれからは幸せ、幸せの順番なのですよ」

寝乱れ姿

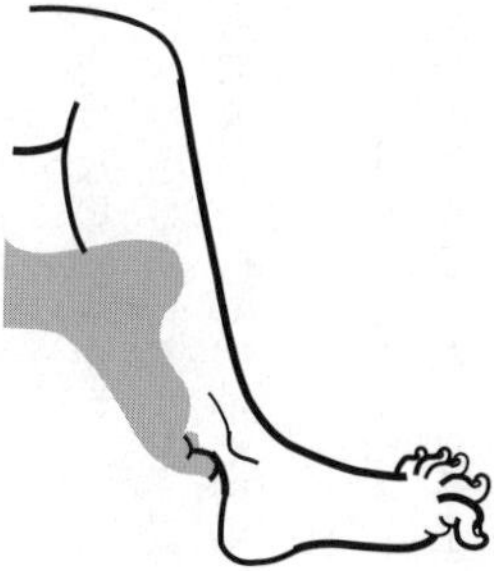

一

「三喜助《みきすけ》さんは随分とご熱心ですね。毎日お見えではないですか」

最近になって「駒形」に通うようになった客に、いささか粗忽《そこつ》なところのある楽隠居の三五郎《さんごろう》が話し掛けた。対局相手の三喜助が長考に入ったので、早く指すように催促したのかもしれない。

「余分な部屋とか離れ座敷でもあればいいのですが、手狭なものですから、隠居を機会に近所に間借りしたのですよ。ところがとんでもない誤算でした。息子夫婦や孫らと暮らしていたときにはそれほどでもなかったのに、二人きりになるとカミさんがやたらと口うるさくて、どうにも我慢できなくなりましてね。逃げるというか、避難するように将棋会所に」

「しかし、奥さんをほったらかしにしておくと、話し相手がなくて寂しいでしょうから、帰ってからが大変だと思いますが」

「わたしがいなきゃ、近所のカミさんたちと長々と喋《しやべ》ってますよ」

「すると喋り疲れて、三喜助さんがお帰りになってからは、それほど話し掛けてこないということですね」

なるほど納得ですというふうに三五郎が言うと、三喜助は苦笑しながら首を振った。

「いいえ、女が喋り疲れるなんてことはありません。喋れば喋るだけ、口が滑らかになりますからね。ただ、ここに来ていれば、わたしの苦しみがその分だけ減りますから」

「聞き流せばいいじゃないですか。わたしなんざ若いころからずっとそうしているので、ここまでやってこられたのだと思います」

「それができれば良いのですが」

「良い悪いとか、できるできないという問題ではなくて、ともかく聞き流しに徹することですよ。それ以外に、われら哀れな亭主の救われる道はないと思いますがね」

言われた三喜助は、いやそれはちがいますというふうに首を振った。

「女には自分なりの決まりというものがあるらしく、これはこうだからこうでなくてはならないのですと決め付けますね。ものごとをする順番も決まっていて、それはちがう、遣《や》り直しなさいと口うるさく言われるし」

「たしかにあります。些細《ささい》なことなのに、いちいち口を挟むことが」

「男から見りゃどうでもいいと思うことでも、自分の流儀を通さずにおかないですから」

隣の席で対局していた素七《そしち》が、思わずというふうにつぶやいた。

「そう言っているうちがハナなんですが、カミさんが生きているあいだはわからないものでしてね」

素七は五十歳を一歳すぎたところだが、連れ添った奥さんを四十歳の年に亡くしている。後妻をもらえばいいのに、一人では切《き》り廻《まわ》せないからと弟夫婦に見世を譲っていた。商売に向いていないのか好きでないのか、その後は弟から隠居手当をもらって独り暮らしをしている。信吾が将棋会所を開くと、すぐに常連になった一人であった。

素七は続けた。

「わたしも若いころはそうでした。ですがどんなにうんざりしても、言ってくれているうちはいいですよ。毎日のようにガミガミ言われている今は、お二人ともとてもわからないでしょうけどね。細かなこと、どうでもいいことを口うるさく言われるので、うんざりしてるのでしょう。ですが、いなくなって初めて気付くのです。そんな女房が、いかに掛け替えのないありがたいものであったかをね」

「素七さんはおやさしいから」

三五郎は素七にではなく三喜助に笑い掛けた。だが素七の話は終わっていなかった。

「あれこれ言ってくれるのは女房だけなんですよ。飲み屋に行っても女郎屋に行っても、口うるさく言う女なんていやしません」

三喜助たちを挟んで、素七とは反対側の席で指していた源八《げんぱち》がクスリと笑ったのは、「女郎屋に行っても」のひと言が滑稽に思えたのだろう。素七は顔一面が縮緬皺《ちりめんじわ》に被《おお》われているので、ちょっと見には還暦に、いや萎《しぼ》み切っているため、古稀《こき》の老爺《ろうや》に見えないこともない。常連の中で一番、女郎屋に関係なさそうなのが素七である。

源八の笑いには気付きもしないで、素七はぼそぼそと続けた。

「なぜかというと客だからです。だから相手の耳に心地よいことしか言いません。客のことを本当に心配して、悪いところを直すように言えば、来なくなりますからね。連中は客のことなんか考えちゃいないんです。金を持って遊びに、あるいは飲みに来てくれさえすりゃいいんですから」

いかにも経験者らしく言ったが、三喜助も三五郎も素七とそれほど変わらぬ年齢である。それもあって鼻白んだか、二人は黙ってしまった。

普通ならそのまま立ち消えてしまうところだが、意外な人物が話に加わった。将棋会所の家主でもある甚兵衛である。

「お二人とも、カミさんのお喋りにうんざりされているのですね。なにもおっしゃらないから、わかりませんでしたが」

「すると甚兵衛さんにも、心当たりがおありですか。とてもそうは見えませんけれど」

そう言ったのは、両国近辺から通っている茂十《もじゅう》であった。

「てまえも男ですので、女房のお喋りに悩まされたことはございますが、そのことではなくて、お喋りで口うるさい女房のことに絡んで、ちょっとふしぎな出来事を思い出しましたのでね」と、そこで甚兵衛は苦笑して首筋を掻《か》いた。「しかし、とっくに還暦をすぎて古稀に近い、いい齢《とし》をした爺《じい》さんがと笑われそうで」

「とおっしゃるからには」

身を乗り出したのは源八であった。常連の中では若手であったが、ハツという女の子が通うようになってから、手習所が休みの日には子供たちがやって来るようになった。するとと十代や二十代の客も増えたのである。

さらに昨年末に、将棋会所「駒形」開所一周年記念将棋大会をやったことも効果があったようだ。参加後常連になった者もいて、若い客はかなり増えている。

そのため若手常連ではなく単なる常連になった源八が、いかにも古顔らしい調子で言った。

「女絡みの色っぽい話でしょう。甚兵衛さんも隅に置けないお人だ。年は取っても浮気はやまぬ、やまぬはずだよ先がないって都都逸《どどいつ》もありますもんね」

「髪結《かみゆい》の亭主源八さんならではの、なんとも味のある言い廻しですな」

なにかあると源八を皮肉るのが、小間物屋の隠居の平吉《へいきち》であった。源八の言ったことを評価しているようでいて、その奥に棘《とげ》を潜ませているのがわかる。

「ふしぎな出来事と申されたが、となりますと、なんとしてもお聞きしたいですな」

そう言ったのは物識《ものし》りを自認している島造《しまぞう》であった。物書きだとか、頼まれて講釈《こうしゃく》噺《ばなし》を書いているらしいと言われている男なので、ふしぎな話と聞いて興味を抱き、黙ってはいられなかったのだろう。

「もう四十年、いや四十五年もまえになりますから、死んだ女房もいくらなんでも文句は言わんでしょう」

そう前置きして甚兵衛は話し始めた。

新婚の初々しさも薄れるころ、大抵の男は女房の饒舌《じょうぜつ》にうんざりし始めるようだ。その日はつい癇癪《かんしゃく》を起こして諍《いさか》いになったが、甚兵衛はどうしても口数では女房に敵《かな》わない。反撃できぬまま、頭に血がのぼり家を出てしまった。

どこをどう彷徨《さまよ》ったものか、気が付くと北本所を歩いていた。吾妻橋《あづまばし》を東に渡った突き当たりは、細川若狭守《わかさのかみ》の御下屋敷《おしも》となっている。細川屋敷の東と南には、大名の屋敷や多くの寺、そして町家が混在していた。

すでに黄昏時《たそがれどき》で、人に出会うこともない。

閑静な一角に門が開いたままの家があって、甚兵衛は誘われでもしたように庭に入って行った。

奇妙なことに、おおきな屋敷なのに人の気配がまるでしない。築山のほうに廻ると池があった。すでに薄暗いのに水面が鏡のように感じられたのは、夕暮れの色をわずかに残した空が映っていたからである。

「女の人がひっそりと立っておりました。微《かす》かに笑みを浮かべましたが、言葉を発しないのに、お待ち申しておりましたという声を聞いたような気がしましてね。空には驚くほど明るい宵の明星が輝いていたのを、四十年以上すぎた今でもはっきりと覚えております」

記憶を辿《たど》るように目を閉じ、そして甚兵衛は目を開けた。

「女の人に座敷にあがるように促されて、いえ、そう言った訳ではないのに、なぜかわかったのです。てまえが戸惑うと、女の人はうなずいて姿を消しましたが、間もなく洗足盥《すすぎだらい》を持って現れました」

甚兵衛が戸惑ったのは、長いあいだ彷徨い歩いたために、着物の裾や足が土埃《つちぼこり》にまみれていたからだ。

女は裾の土埃を払い落とし、足を洗って足拭きで丁寧に拭ってくれた。それがすむと盥や足を拭いた雑巾を片付けた。

ふたたび姿を見せた女は手燭《てしょく》を持っていて、甚兵衛が縁側にあがると障子を閉めて先に立つ。座敷を出て廊下を歩くとき、女は手燭で足元を照らしながら、ごく自然に甚兵衛の手を取った。かすかに湿り気を帯びた、ひんやりとしてやわらかい感触である。

廊下を何度も曲がるほど広大な屋敷なのに、やはり人の気配がしない。渡り廊下の先に離れ座敷があった。

女は甚兵衛を振り返って微笑《ほほえ》んだが、かすかに恥じらいの色が浮かぶのがわかった。

障子を開けて女は甚兵衛を招じ入れた。

二

六畳ほどの小部屋で小窓の下に文机《ふづくえ》が、その上には露草をあしらった花活《はない》けが置かれていた。室内はきちんと片付けられている。女は手燭の灯を行灯《あんどん》に移した。

「女の人が境になった襖《ふすま》を開けると、次の間には夜具が延べられておりましてね。てまえはなぜか驚きませんでした。あとで思い出すと、驚かなかったこと自体が驚きなのに、そのときはそうなるのがわかっていたような気がしたのです。……あれッ」

そう言って甚兵衛は客たちを見廻したが、一人として対局している者はいなかったのである。それればかりか、だれもが顔を火照《ほて》らせて甚兵衛を見ていた。

「みなさん、てまえの戯言《ざれごと》など聞いていないで、勝負を続けてくださいよ。ここは将棋会所なんですから」

「無体を言うものではない」と言ったのは、御家人崩れとみられている権三郎《ごんざぶろう》であった。

「これから濡《ぬ》れ場《ば》になるのがわかっておるのに、聞くなというのは、犬にお預けを喰《く》わせるに等しい。お預けを喰わせっぱなしでは、犬は黙ってはおらん。ましてやわれらは人である」

「弱りましたな。若い人ならともかく、年寄りの話すことではございませんよ。どうかご容赦願います」

「年寄りだからよいのだ」と、権三郎はあとに引かない。「若い者が話すと生々しくて、聞いておるほうが赤面せねばならん。こういう話は、適度に枯れた、甚兵衛どののようなお人でなくてはな」

「出し惜しみしないでくださいよ、甚兵衛さん。みんな楽しみにしてるんですから」

だれかがそう言うと、甚兵衛は困惑顔で首筋を掻いた。

「出し惜しみという訳ではありませんが」

「甚兵衛さんの話はおもしろいですからね。ほれ、間男の話で盛りあがったときも、甚兵衛さんが締《し》め括《くく》りに、危うく心中の相方にされそうになった話をなさったでしょう。あれはおもしろかったです。色っぽくて、しかもすごく怖くてゾッとしましたからね」

信吾が将棋会所を開いて半年くらいのことだが、客たちが間男の話で異常に盛りあがったことがあった。日が暮れて室内が薄暗くなったため、場をお開きにする意味もあって、甚兵衛がこんな話をしたのである。

若き日の甚兵衛が親友の妻に持ち掛けられ、気が付いたときには上野池之端《いけのはた》の水茶屋で、逢引《あいびき》するよう約束させられていた。しかし親友の妻ということなので、悩みに悩んだのである。甚兵衛はぎりぎりのところで踏《ふ》み止《とど》まることができて、水茶屋には行かなかった。

それからしばらくして、親友の妻はべつの男とおなじ水茶屋で心中して果てた。なんでも剃刀《かみそり》を二枚重ねて首の血脈を切ったのだが、そうするとまず失敗しないとのことだ。甚兵衛が水茶屋に行けば仏になっていたはずである。ゾッとなったのは、死んだ男が甚兵衛と親友の、共通の友人であったからだ。

女はなにかに取《と》り憑《つ》かれ、心中の相手はだれでもよかったのだろう。

出し惜しみの声は、心中の相手にされそうになった体験談が真に迫っていたから期待したのだと思われる。それからすれば今回のだれもいない屋敷の女は、襖を開けたら夜具が延べられていたというのだから、だれだって期待して当然かもしれない。

甚兵衛は客たちの要望に負けて、いかにも仕方なくというふうに喋り始めた。ところがその話は、枯れたはずの甚兵衛の語りにもかかわらず、驚くほど生々しかった。だがそれをそのまま書き写すことは、さすがに憚《はばか》られる。ゆえに読者に想像していただくしかない。

女は無言のままで受け入れたが、ただの受け身ではなかった。濃《こま》やかに反応するその蕩《とろ》けるような肉体に、いつしか甚兵衛はわれを忘れて埋没してしまったのだ。

甚兵衛がこの話をする気になったのは、一日、五日、十五日、二十五日の、手習所が休みの日ではなかったからだろう。さらに言えば祖父平兵衛《へいべえ》の体調が悪くなければ付き添って通って来る、十一歳になった天才的将棋少女ハツが来ていなかったからにちがいない。いくらなんでも、子供たちがいては話せる訳がなかった。

それはともかく……。

長い時間をともにした二人は、しばらくは体を接したまま天井を見あげていた。やがて女が上体を起こした。特別なひとときは終わったのだ。

二人は無言のままで着物を身に付けた。部屋の内は行灯の灯で微かにほの明るいが、屋外は完全な闇であった。

「てまえは女人《にょにん》に見送られて門を出たのですが、夢見心地のままで、足が地に着いた気がしませんでした。漂うように、お屋敷町の塀沿いの道を帰ったのです。そのときになって気が付きましたが、出会ってから別れるまで、女の人はひと言も言葉にしていませんでした。そして、てまえもまたひと言も喋ってはいなかったのです」

家に着くと四ツ（十時）をすぎていた。夕刻七ツ（四時）に出たまま三刻（約六時間）もどこにいたかわからず、喋ろうともしない夫に対して、わめき散らす女房。甚兵衛は受け流して、無言のまま蒲団《ふとん》に潜りこんだ。

「夜が明けましたが、てまえは女の人のことが頭から離れませんでね」

「そりゃ、体が疼《うず》いてどうしようもないでしょうよ」

「もちろんそれがなかったとは申しません。それよりもてまえは女の人のもの静けさが、いかにおのれにとってありがたく、大切なものであるかを知ったのです。てまえの言ったことを思い出してください。家を出たのは、女房のお喋りが鬱陶しくて我慢がならず、口論したからでした」

「ええ、そうでしたね」

「ところがお屋敷の女の人は、出会いから別れまでたったのひと言も喋りませんでした。それなのに心はちゃんと通じたのです。てまえがあの女性《にょしょう》に、なんとしても会いたかったのは、そのためでした」

「すると、甚兵衛さん。お屋敷が見付かり、その女の人と会えたらどうしました」

「なんのためらいもなく女房と別れて、女の人の屋敷に走ったでしょう」

そこにいる人たちは、ただ顔を見あわせるだけであった。甚兵衛がそんなことを告白するとは、思いもしなかったからだろう。

「てまえはふらりと家を出ると、女の人の住まいに向かったのです。ところが、どうしても見付けることができませんでした。ただひたすら捜したのですが、そんな家はないのです。門柱も門もありませんでした」

会えないとなると余計に、あの女人を心身の双方が求めて、堪《こら》えられぬほど餓《かつ》えてしまった。

狂おしいばかりに体が疼き、全身が蕩けるような感触がよみがえる。一言も発しなかった女だが、抑えに抑えはしても、うめき声やちいさな叫びはあげた。半日以上が経《た》っているのに、繰り返し耳元で吐息が聞こえるのであった。

だがそれ以上に心が、狂おしいほどにその人を求めるのだ。

並んで天井を見あげていたときの、なんとも言えぬ静けさ、それがもたらす心の安らぎ。それまでに味わったことのない、まさに至福のひとときであった。

得られないとなると、ほとんど気が狂いそうになってしまう。

「その家の開かれた門から入ったのが暮靄時《ぼあいどき》、すっかり黄昏れていたこともありましたので、目印になるものの記憶がなかったのです。北本所一帯を、足を棒にして歩いてもとうとう見付けることはできませんでした。ただ、おおきな門があったことからすれば、商家の寮とか、いわゆる妾宅《しょうたく》ではなかったという気がします」

「するってえと」

上擦った源八の声に甚兵衛は冷静に続けた。

「お大名のお屋敷だったかもしれません」

「乙に澄まして言われましたが、だとすると甚兵衛さんが寝たのは」

「寝たなどというのは俗人の申すことで、せっかくの風味を損ねてしまう。せめて同衾《どうきん》したと言わねばな」と、言ったのは権三郎である。「男早《おとこひで》りした後家や浮気な人妻ではあるまいに、寝たなどと安っぽく言ってはならん。事情からすれば、甚兵衛どのが枕を並べたのは、お大名の奥方としか考えられないではないか」

「となると事ですよ。甚兵衛さんはどこかのお大名の若さまの、父親かもしれませんね」と言ってから、そそっかしい三五郎はあわてて言い直した。「四十年も、いやそれ以上もまえだったとなると、今では立派なお大名だ。といっても家が見付けられなかったとなると、どこのお大名かわかりませんが」

「千代田の御城に登城《とじょう》するお大名を見張っていて、甚兵衛さんにそっくりなお大名がいたら、まちがいなく落《お》とし胤《だね》だ。これはたいへんなことになりにけり」

源八がややこしい言い方をしたので笑いが起きたが、「それは難しいでしょう」との声がした。だれもが驚いたのは声の主が桝屋良作《ますやりょうさく》だったからだ。

三

良作は将棋大会で優勝を果たした強豪だが、普段はにこにこ笑っていて、なにか話し掛けられても、うなずいたり首を振ったりするくらいで、自分から話すことはほとんどなかった。信吾は勝手に、「無口さん」と渾名《あだな》で呼んでいるくらいだ。

全員に見られて困惑顔になった良作は、短く言った。

「男の子は母親に、女の子は父親に似ると言いますから」

「だったら、お姫さまの乗った駕籠《かご》を見張ればいい」

だから大名を見張っても無意味かもしれない、と言いたいのだろう。

「駕籠ではなくて、乗物だ」と、透かさず権三郎が訂正した。「お大名やその姫が乗るのは駕籠とは言わん。漆を塗って仕上げた上等の駕籠を乗物と呼ぶ。それに四十年をすぎておれば、姫でないことは自明であろう。どこぞのお大名の室にでも納まっておるはずだ。いや、存命かどうかさえわからぬのだからな。となれば探しようがない。ん、待てよ」

「なにかお気付きになられましたか」

「甚兵衛どのはたしか北本所と申したな」

「はい。それがなにか」

「北本所に大名屋敷は数あるが、すべて下屋敷で、上屋敷や中屋敷はないぞ」

「どういうことでしょう」

「ということは、大名の奥方であっても正室ではない。正室なら上屋敷に住もうておる」

「でしたら、どういうことに」

「つまり、側室だな。だとしても上屋敷だ。中屋敷に側室を置く大名もいなくはないが、北本所は」と、権三郎はしばし記憶を辿ってから言った。「やはり下屋敷ばかりだぞ」

「側室ってのはお妾《めかけ》さんみたいなもんで、お大名ともなれば何人も抱えてるんでしょう」

源八の問いに権三郎はうなずいた。

「まあ、そうではあるが」

「側室でも一番下っ端だったんですよ、きっと。それに、たまたま下屋敷に用があったのかもしれない」と、三五郎が一人合点して言った。「殿さまに構ってもらえないために、男の体が恋しくてたまらなくなったにちがいありません。だから黄昏時につい変な気になって、甚兵衛さんを呼びこんだんですよ。そうとしか考えられんでしょう」

甚兵衛は首を振った。

「女の人が呼びこんだ訳ではなくて、てまえが勝手に開いていた門からふらふらと入って行ったのですから」

「若い男の体が欲しくてたまらぬ女の人の念じる強烈な思い、つまり執念が甚兵衛さんを引き寄せたにちがいない」

「それよりですね、てまえは狐狸《こり》妖怪の類に誑《たぶら》かされたのではないかという気がしてならないのです」

「狐狸妖怪と言えば狐《きつね》や狸《たぬき》、それに化け物だけど、となると源八つぁんではないけれど、えらいことになりにけりだわ」

平吉は珍しく皮肉ったりからかったりしなかったが、源八を引きあいに出すことは忘れなかった。

「狐狸だとすれば、まちがいなく狐だ」

島造が断言すると茂十が首を傾《かし》げた。

「なんでそう言い切れますので、島造さん。狸だって化かしますよ」

「おなじ化けてもな、狐は人を騙《だま》そうとして化けるが、狸はおのれが楽しみたいために、あるいは人をおもしろがらせるために化けるという。臈《ろう》たけた婦人とあらば、狐であって狸ではあるまい。それよりなぜ狐狸妖怪の仕業だと思ったのか、甚兵衛さんの話を聞くのが先だろう」

「そのことですが、あとになって思い返しますと、変なことばかりですからね」

「変なことばかりなんて、なにが変なんですか。ははん、甚兵衛さん、嘘吐《うそつ》いてますね」

「嘘とはおだやかじゃありませんね。てまえがどうして源八さんに、いや、みなさんに嘘を吐かねばならないのですか」

「お屋敷はちゃんとあったんですよ。それで甚兵衛さんは何度もその女の人に会って、しっぽりってことになったにちがいない。さっきうっかり話して、しまったと思ったのでしょう。続きを話したくないばかりに、お屋敷を一軒まるまる消しちまったんだ」

「いい加減にしてくださいよ、源八さん。お屋敷を消すなんて、そんな無茶ができる訳がないでしょう」

「ということだ、源八。そういうのを下衆《げす》の勘繰りと言う」と、権三郎が決め付けた。

「話に茶々を入れず、甚兵衛どのの話を聞くが先であろう」

絶えず話の腰を折られるので、さすがに甚兵衛は話し辛《づら》そうであった。

「どんな屋敷であろうと、黄昏どきに門が開け放たれている訳がありません。特にお大名のお屋敷ですと、いつだって門扉は閉じられたままで、殿さまや老職、つまり御家老や御中老、それから大事なお客さまの出入りにしか開け閉めしないのです。藩士や普通の客人は、門脇の耳門《くぐり》から出入りしますし、門には二六時中、交替で門番が詰めています。それより、どんなお屋敷であろうと、またいかなる事情があろうと、人の気配がせぬなどということはありません」

「たしかに」

権三郎がおおきくうなずいた。

「決め手と言ってよろしいのは、その婦人が洗足盥を持って来たことです。てまえを招いたのはお屋敷の身分のあるご婦人だと思いますが、普通であればそんな仕事は下女がやりますからね」

「人の気配がしなかったということは、その女の人しかいないからでしょう。下女がいなきゃ、自分でやるしかないですもの」

平吉の言葉に甚兵衛は首を振った。

「そのまえに、女の人しかいないお屋敷なんてありますか。となると狐か狸がてまえを騙すために、としか考えられないではありませんか。いくら探してもその家が見付からないのも、狐か狸がてまえを騙して見せた幻だったからにちがいありません」

「そりゃ、たしかにおかしいですがね」と、素七が言った。「甚兵衛さんは、無事にお家《うち》に帰ったんでしょう」

「ええ。それがなにか」

「なにもなく、ぶじに」

「はい。特に変わったことは」

「狐狸に騙されたら、それだけではすみません。抱きあってひと汗掻きますね。お風呂の用意ができましたので汗をお流しくださいませ、などと言われてその気になると、道端の肥壺《こえつぼ》に入っていたとかね。かならずそういう目に遭わされるはずです。ですからその女の人は狐狸妖怪の類ではなくて、まちがいなく人です。会って別れたのだから、また会えるかもしれませんよ。だから甚兵衛さん。会うことができるかもしれないとおっしゃるのですね」

「ちょっと待ってくださいよ、素七さん。夢を捨てないでください」

「もちろんです」

「会ってどうします」

「どうって」

「あの女の人は、てまえと同年輩というか、それほど齢は離れていませんでしたから」

「甚兵衛さんは見てのとおり、やがて古稀に手が届こうという老爺、つまり爺さんだ」

と言ったのは、島造である。「てことは、相手も立派な老婆ですよ。会ってどうします。おなじ褥《しとね》で裸になって抱きあいますか、あのときのように」

「ちょっと待ってくださいよ」

信吾は思わずそう言ってしまった。会所の客たちの会話に加わるのは、問われたときに答えるくらいにしているが、さすがに黙って居られなくなったのだ。

「落ち着いてくださいよ、みなさん。まるっきり混乱なさってるじゃありませんか。そのご婦人に会える会えないは、お屋敷が見付かればの話でしょう」

「わかり切ったことを言わないでくださいよ、席亭さん」

素七がそう言うと何人もが、そうだそうだと言いたげにうなずいた。

「甚兵衛さんがお屋敷を求めて彷徨い歩いたのは、四十年以上もまえの話です。そして家は見付けられなかったのです。とっくに終わってしまった話なんですよ。それなのに今、そのときのご婦人に会えるとお思いですか」

時間が停止したようであった。

お屋敷の謎めいた婦人とか蒲団を延べられた隣室が、あまりにも強烈に頭に焼き付いてしまったからだろう。ほとんどの者が四十年にわたる隔たりのことを、まるっきり失念していたらしい。

一瞬にして座がざわついた。

信吾の言葉が、それを全員に気付かせたのである。噴き出した者もいれば、自分の頭をぽかぽかと叩《たた》く者もいたし、バツが悪そうに苦笑する者もいた。

「甚兵衛さんの話は怖《こえ》えや」

源八がそう言うと、素七が自分の両肩を両手で抱えるようにしてから、体を震わせながら言った。

「心中の二枚剃刀も怖かったですが、よくよく考えると消えた屋敷の謎も、ひと言も喋らぬご婦人もなんとも怖いですな」

だれもが黙ってしまったのは、艶っぽい話の裏に潜んでいる不気味さに気付いたからかもしれない。

「この話、本当に、ちょっと、怖いですね」

区切り区切りしながらそう言ったのは、ほかならぬ甚兵衛本人である。しかし、だれも笑わなかった。言った甚兵衛がどことなく強張《こわば》った顔をしているので、それがほかの者にも伝染したらしい。

四

「上方に饅頭《まんじゅう》が怖いという、妙におかしい落とし噺がありましてね」

のんびりした声でそう言ったのは、将棋大会に参加し堂々の第三位に輝いた太郎次郎《たろうじろう》である。それがきっかけで、将棋会所の客になった人物だ。

商売の関係で各地に出掛けるようだが、江戸にいるあいだは時間を作って、「駒形」に顔を出すようにしていた。

「浪速《なにわ》に行った折に、得意先の人に誘われて寄席を覗《のぞ》きましてね。そのとき聞いた噺ですす。なんとも馬鹿馬鹿しいのですが、アッというどんでん返しもあって、客の受けはよかったですよ」

太郎次郎は比較的新参の客ということもあって控え目だが、場の空気が沈んだのでこれではいけないと思い、雰囲気を変えようとしたのかもしれなかった。

「饅頭が怖いってのが、落とし噺になっているのですか」と、島造が喰い付いた。「一体どんな噺です」

「怖い話が続いたせいかもしれませんが、ふと思い出しましてね。たわいないと言えばたわいないのですが」

そう言って太郎次郎は、落とし噺の粗筋を客たちに話した。

若い者が大勢集まって、それぞれの怖い物の話をしている。ある男は蛇が怖い、べつの者は蛞蝓《なめくじ》が、などと、蜘蛛《くも》、馬、蛙《かえる》、南京虫《なんきんむし》、百足《むかで》、果ては蟻《あり》が怖いという者まで現れる始末だ。

ところが松公だけは怖い物などないと言い張り、つまらぬものを怖がってと仲間を馬鹿にする。しかし問い詰められて「実はたった一つだけあって」と、饅頭が怖くてたまらないと白状した。まさかと思ったが、集まった連中が饅頭の話を始めると、「気分が悪くなった」と隣室に逃げて寝てしまった。

普段、偉そうにしている松公を懲らしめる絶好の機会だと、みんなでいろいろな饅頭を買って来た。枕元に置くと、顔色が青くなった松公は蒲団に潜りこんでしまう。ざまあみろと隣の部屋にもどるが、しばらくするとむしゃむしゃと食べる音が聞こえてきた。「怖い、怖い」と言いながら、松公が饅頭を喰い始めたのだ。

「してやられたと思った連中が、本当はなにが怖いんだと訊《き》くと、ここらでいいお茶が怖い、とこれがオチなんですがね。若い連中に小父《おじ》さんと呼ばれている男が、婆さんの洗った浴衣の糊《のり》が利きすぎて硬《こわ》かったと笑わせるとか、身投げする娘を助けそこなったために怖い思いをするとか、いろいろと色を付けています。しかし、寄ってたかっていじめようとした連中が、その相手に裏を掻かれるおかしさですね」

「浪速では一席噺になってましたか、太郎次郎さん。江戸では枕小噺でやっておりますけれど」

そう言ったのは桝屋良作であった。先に言った「男の子は母親に似て、女の子は父親に似る」と今回とだけなのに、「今日の桝屋さんはお喋りだ」とだれもが驚いたくらいだから、良作の無口振りがわかるだろう。

「たしか『気はくすり』という本に収められているのを、小噺にしたのだと思います」

そう言ったのは甚兵衛だが、ほほうという顔をしたのは物識りを自認している島造であった。きっと蘊蓄《うんちく》を傾けるにちがいない、と思う間もなく始まった。

「甚兵衛さんはよくご存じでしたな。饅頭という題で出ておりますよ。その大本は、唐土《もろこし》は明《みん》の時代に書かれた『五雑俎《ござつそ》』や、おなじく明末期の『笑府《しょうふ》』でしてね。おなじような話が出ています」

「あまり落とし噺らしくねえなあ」と、言ったのは源八であった。「だって松公ってのは、どっちかってぇと厭《いや》なやつじゃないか。仲間を小馬鹿にしたり、偉そうにしてんだろ。それをとっちめようとした連中が、裏を掻かれるなんて、すっきりしないよ」

「一概にそうとは言えまい」と、これは権三郎だ。「大勢で一人をやりこめようというのは、褒められたことではないからな。それをひっくり返したのだから、爽快ではないか」

「そうかい？」

駄洒落《だじゃれ》を言うと同時に源八が首をすくめたのは、権三郎が相手ではさすがに分が悪いと思ったからだろう。ところが権三郎が怒るどころか苦笑したので、源八は元気を得たようだ。

「ですけどねえ、なぜみんなでやりこめようとしたかってぇと、普段から偉そうにして、仲間を小馬鹿にしてるからでしょう」

源八がそこまで言ったのは、日ごろから知識をひけらかしている島造を、腹に据えかねての痛烈な皮肉にちがいない。島造の顔が険悪になるのを見た信吾は、なるべくやわらかな声でさり気なく言った。

「剛の者の源八さんには、怖いものなんてないでしょうね」

「まあ、大抵のことであればな」

「髪結の亭主の源八さんに、怖いものなどある訳ないでしょう」といったのは、天敵平吉である。「惚《ほ》れちゃったんだもんの、おスミさん以外にはね」

ドッと沸くことはなかったが、忍び笑いが漏れた。

源八は五歳年上の髪結のスミに惚れられ、二十九歳になる今日まで十年ばかり遊んで暮らしている。スミは「源八さんを好きになったんだから、一生面倒を見てあげるの」と平然と言い、からかわれると「だって惚れちゃったんだもん」と、これまた平然と遣り返すのだ。

スミが仕事に出ているあいだ源八は「駒形」で将棋を指し、そうでないときは、二人っきりでべったりという毎日である。小間物屋の隠居の平吉は、そんな源八がよほど癪に障るらしく、なにかあると皮肉るのであった。

「実は今、とっておきの趣向を思い付いたのだが」

権三郎がそう言ったが、普段からどことなく敬遠しているからだろう、その話に飛び付く者はいなかった。仕方がないので、席亭の信吾は会話が途切れぬよう合いの手を入れた。

「と申されますと、どのような」

「甚兵衛どのが、物言わぬ婦人の話でわしらを楽しませてくれた。普段の謹厳実直さからは思いもできぬ艶笑譚《えんしょうたん》にだれもが驚かされたろうし、わしもおおいに驚いた。しかし経験を積んだ年輩の人は、口にせぬだけで大抵が思いもせぬ経験をしておるものだ。そこでだな、それが最も期待できる人物に、人に語ったことのない、とっておきの話を陳述してもらおうと思うのだが」

「それはおもしろい趣向ですなあ」と、島造が言った。「ぜひとも実現させようではありませんか。で、権三郎さまはどなたに」

「そのまえに総員の同意、諾であるな、それを得ないことには始める訳にまいるまい」

言われた会所の客たちは、全員が複雑な顔をしてそれぞれを見始めた。思いもしなかった甚兵衛の、なんとも謎めいた、艶っぽいのに怖くもある話を聞いたばかり、ということもあったからだろう。

だれがどんな話をするかしらんと、興味と期待が次第に強まるのが、雰囲気として感じられるようになった。と思っているうちに、目があえばうなずく顔が少しずつ多くなっていった。

あるいは自分が指名されるかもしれないとの気持があって、ためらった者もいたはずである。だが互いの顔を見ているうちに、おもしろい話、とんでもない話、色っぽい話が聞けるだろうという期待のほうが、次第に強まって行ったようだ。

そしてだれもがわくわくする思いに抗しきれなくなったのを、見計らったように権三郎が言った。

「総員の同意を得られたと判断してよろしいか。なんとしても反対だ、そうお考えの方は遠慮なく申されるがよい」

権三郎は一人一人の目を順に見てゆくが、そこには有無を言わせぬものがあって、だれ一人として首を横に振ることができなかった。

「よろしい、同意が得られたので、もっともおもしろき話を期待できそうな人物を指名したい。先に話したようにこれは総員の意見ゆえ、指名された者は光栄だと受け止めて、とっておきの話を披露してもらいたいのだ。よろしいか」

念を押すように言って、またしても権三郎は全員の目を順に睨《ね》め付けて行った。自分が指名されるのは困ると思った者もいたはずだが、だれ一人として首を振ることはできなかったのである。権三郎の術中に嵌《は》まってしまったのだ。

「ここにおるだれもが、一番聞きたいと願っている人物」とそこで間を取ってから、権三郎は厳かに告げた。「その人の名は、桝屋の良作どの」

「オーッ」という声があがったが、それが全員の気持であるとわかった。だれもがもの静かな桝屋が、無口な良作が語れば、なにが飛び出すだろうと期待しているのだ。

いや、そうではない。たった一人だけ、顔を蒼褪《あおざ》めさせた者がいた。ほかならぬ桝屋良作である。

「覚悟召されよ、桝屋どの。もはや俎上《そじょう》の鯉《こい》も同然、ジタバタできぬのだ。こうなれば腹を括って、聞く者が顔を赤らめるようなとっておきの色話を、一席ぶってもらいたい。と言うても艶話《つやばなし》でなければならぬ訳ではないぞ。聞く者を震えあがらせるような悍《おぞ》ましい怪奇譚でも、噺家が尻尾を巻くような滑稽噺、講釈師が降参するほどの修羅場でもかまわぬ。ここは桝屋どのの独り舞台ゆえ、思いの丈《たけ》を述べられるがよい。聞く者の度肝を抜いてほしいものだ」

よもや、あの無口な良作が応じることはない、応じられる訳がないと思った者がほとんどだったはずである。期待しながら同時に同情せざるを得ないという、複雑な気持の者もいたにちがいない。

全員の視線が桝屋良作に集中する。

そしてだれもが驚かされた。腹を括ったというか、居直った、いや開き直ったというべきかもしれない。蒼褪めていた良作の顔に次第に赤みが、血の色が差し始めたのである。

良作が語り始めた。

五

「逃げも隠れもできないようです。長い人生には、こういうことがあってもふしぎはないでしょう。みなさまがてまえの話を期待されている。なぜでしょうか。ほとんど喋らないので、なにを考えているかわからないからだと思います。ちょっと変わり者ですから、変わり者からは風変わりな話が飛び出すにちがいない、との期待があって当然かもしれません。ですが世の中、思いどおりに行くとはかぎらないのです。どうかすぎた期待はなさらぬように」

信吾は呆気《あっけ》に取られていた。

あの無口さんが、思いもしなかったほど滑らかに語り始めたからだ。しかもたちまちにして、聞く者の心を捉えてしまっていた。その語るさまをだれもが真剣に見、聞いていたのである。

信吾には良作の語ることが、真っ直《ます》ぐに客たちの心に入って行くのがわかった。話し始めたと思ったら、早くも桝屋良作は聞く者の心を鷲摑《わしづか》みにしていたのである。

「引っ込み思案なところがあるからでしょうか、てまえはなにからなにまで晩熟《おくて》でしてね。早い者は十四、五歳から酒も女も覚えたようですが、てまえの場合は二十歳になってようやく知りました。しかも酒と女を同時にです。ですがそのときてまえは、とても恐ろしいものを見てしまったのです。いまだにあれほど怖かったことはございません。なんだと思われますでしょうか」

良作はそう言って会所の客たちの顔を見たが、答えられる者はいない。見当も付かないのである。だれもが息を詰めるようにして、良作の言葉を待っている。

「寝乱れ姿です」

ドッと沸いて一瞬にして鎮まった。意外な言葉に驚きはしたものの、だれもがその次を早く聞きたいと思ったからにちがいない。

「男ではありません。男であれば見苦しくはあっても怖くはないでしょう、程度の差はあるにしましてもね。女、ご婦人です」と、間を取ってから良作は言った。「老婆ではありませんよ。もっとも老婆の寝乱れ姿も、思い浮かべるとかなり怖くはありますけれど」

聞き手の反応はおなじだった。ドッと沸いて一瞬にして鎮まったが、それがさらに極端だったのだ。

「てまえと同い年と聞きましたから二十歳の女性です。当方《こちら》はまだなにも知りませんでしたが、相手はどうだったでしょう。なぜそうなってしまい、どうして若い女の寝乱れ姿がそれほどまでに怖かったのか、それをお聞きいただきたいと思います」

そのように桝屋良作は語り始めたが、てまえと良作、つまり主観と客観を巧みに使い分けて話したのである。後日、仲間から聞いたこともあったので、自然とそのような話し方になったのかもしれない。

あとになってわかったことだが、仲間たちが仕組んだ企《たくら》みに、良作は見事に嵌まってしまったのであった。

ある日、二十歳にもなったのに良作が酒も女も知らぬことに、仲間の一人が気付いた。ほかの仲間にたしかめると、だれもが驚いたが、なんと事実だったのである。

飲みに誘っても吉原《よしわら》に誘っても、良作はなにかと用事を理由に乗らなかった。理由があれば仕方がないと無理強いはしなかったが、お蔭《かげ》で誘いをことごとく擦り抜けていたのだ。

「そういえば、良作と飲んだことも女郎屋に行った覚えもないなあ」

なにをするのもいっしょのはずの仲間五人が、全員そうであった。だったら、なんとしても覚えさせなければならない。

どうせなら酒と女を同時に経験させようではないかと話が纏《まと》まったが、なにはともあれ酒を飲ませなければならない。そして酔ったところで、よく言い含めておいた女をあてがえばそこはなんとでもなるだろう。だから良作が断れないようにして呼び寄せ、来たら逃げられぬようにと、知恵を出しあって周到に計画を立てたのであった。

「てまえがなぜ酒を避けていたかと申しますと、子供時分に酔って苦しむ従兄《いとこ》を、それも並みの苦しみようでないのを見てしまったからです。いい飲みっぷりだねえ、などと言われてついつい飲みすぎてしまったのでしょうね。自分の適量がわかりもしないのに飲んでひどい目に遭った経験は、ほとんどの方が身に覚えがあるでしょうが、あの苦しみったらありません。真《ま》っ蒼《さお》になって七転八倒し、だれかの用意した手桶《ておけ》にひっきりなしにゲーゲーともどすし、失禁までしてしまいましてね。従兄がそうなっているのを、子供のてまえは見てしまったのです。あれを見たら酒を飲む気にはなれません。そのためてまえは、二十歳になっても酒の味を知らなかったのです」

女性に縁がなかったのは、引っ込み思案な上に人一倍人見知りが激しいことが原因していた。男性にさえそうなのだから、女性となるとそれに輪を掛けたようで、なんとか普通に話せるのは母や妹くらいであった。叔母や従姉《いとこ》など親類の女性からも呆《あき》れられたが、まともに接するどころか話すことすらできなかったのである。

「友人の一人の結婚が決まりましてね。仲間だけのお祝いをしようということになって、当の本人、千太郎《せんたろう》と申しますが、その男の家に押し掛けることになりました。良作が酒を飲まないのは知ってるが、祝いだから盃《さかずき》に唇を付けるくらいはしろよ、形だけで飲まなくていいと言われたので、それですむならとてまえは安心していたのです」

良作はすっかり信じていたが、かれに酒を飲ませるために仲間が考えた狂言であった。小遣いを出しあって一升《いっしょう》徳利《どっくり》を二本持参し、千太郎の家を訪問すると料理が用意されていた。両親も顔を見せたが、仲間だけの内輪の前祝いだということで、挨拶だけしてすぐにさがったのである。

ほどなく母親が燗《かん》の付いた銚子《ちょうし》を盆に載せて現れ、銘々の盃に注《つ》いで廻った。

「このあとは少し省略させていただきますね。ともかく仲間は初めからてまえを酔い潰させる気ですので、たまったものではありません。従兄のことを理由になんとか飲まないようにしたのですが、中にはそういう気の毒な体の人もいるものの、例外中の例外だと言われました。取《と》り敢《あ》えず盃一杯だけは飲んでみるように言われ、むりして飲むと飲みっぷりがいいと褒められましてね。おだてたり賺《すか》したりしますし、飲んでみると味はわからなくても、飲めないことはありません。そうこうしているうちに、酔いが廻って気がおおきくなってしまいました。いい気になって飲んだため、仲間の目論見《もくろみ》どおり酔い潰れてしまったのです」

泥酔した良作はなにも憶《おぼ》えていないが、寝かせる部屋が最初から用意されていたのである。離れ座敷にはすでに蒲団が延べられていたのだ。念の入ったことに空の平底桶、水を張った手桶、吸い飲み、手拭などが枕元に置かれていた。

千太郎たちは介抱しながら良作を蒲団に横たえ、枕上《まくらがみ》に有明行灯《ありあけあんどん》を据えて、そっと出て行った。

寝るまえにすでに何度も嘔吐《おうと》し、水を飲んではもどしていたので胃の腑《ふ》にはなにもないはずであった。それでも吐きそうになるし、頭の芯がずきずきと痛む。古き日の従兄の姿が思い出された。

やはり飲まなければよかったのだ。

苦しさには波があるようである。ひと思いに吐いたら楽になると思ったが、吐きそうで吐けない。頭の痛みも耐えられぬほどのことがあれば、いくらかやわらぐこともあった。

疲れもあってだろうが、うつらうつらしていたらしい。

どれくらいのときが経っただろうか、良作は自分の背中が擦《さす》られているのに気付いた。

しかも、なんとも甘い匂いがしたのである。

仲間のだれかではない。一晩中灯《とも》しておくための有明行灯なのに、なぜか消えていた。まったくの闇である。

手のやわらかさと温かさ。甘い匂い。

女だ、と思うと同時に体が硬くなった。それは背中を撫《な》で擦っていた相手にもわかったようだ。

「少しは楽になられましたか」

女に問われたが、咽喉《のど》がひっついたようで返辞ができない。仕方がないので、こくりとうなずいた。

背中を撫でていた掌《てのひら》が肩や腕に移り、ふたたび背中にもどる。背を撫でて、腰骨から脇腹、さらに腹に、となると良作は体が強張るのを感じずにいられない。そのころには体の一部がどこよりも硬くなり、まるで石のようになってしまった。

そして腰や腹を這《は》っていた掌が、次第に下に移っていくにつれ、全身が岩のようになったのである。

手がついにそれに触れると、全身の血がそこに集結したような気がした。心の臓が音を立てて脈打つのがわかった。

掌、そして指が触れる範囲が次第に広くなり、じわーッと動いて、ついにそれを握ったのである。

「大丈夫よ。酔いはほとんど治まったでしょう。だって、こんなに元気なんだもの」

そう言ったときには、女の体は良作の背後に密着していた。背中の二箇所を弾力のあるものが押していたが、それが乳房だとわかると頭に血がのぼった。

二人きりの部屋で、自分が裸にされているだけでなく、女もまた裸であることに気付いたからだ。すると尻を擽《くすぐ》るふわふわしたものは、もしかすると……。

「こんなに元気になったのだから、ご褒美をあげなければ」

六

女は右手でそれを握ったまま、左腕を良作の背に廻して体の向きを変え、ゆっくりと自分の体の上に引きあげていった。そうしながら両脚を開いてゆく。

握ったものの先端が熱い部分に触れたとき女は手を放し、両掌《りょうて》を良作の尻に廻して、一気にそれを自分に引き付けた。

　同時に良作は爆発した。脇腹を強烈な痺《しび》れが駆け抜けた。良作の尻の二つの盛りあがりに力をこめた女は、激しく腰を使い続けた。

　数限りなくなにかが女の体の奥に注ぐのを感じたが、何度かの繰り返しのあとでようやくそれは治まった。だが女は両手の力を緩めない。かれを包みこんだ部分は、休むことなく蠕動《ぜんどう》を続けている。

「じっとしてなさいね。すぐにまえのようになりますから」

　耳元でそう囁《ささや》いた女は、這わせた唇を首筋から頬、そして口へと滑らせ、良作の唇に重ねて舌をこじ入れて来た。絡めた舌を女が吸うと、頭の天辺から足指の先まで痺れが突き抜けた。同時に良作は、自分のある部分が女の言ったように、まえのようになっているのを感じたのであった。

　女が両脚を擦《こす》るようにしてしきりと揉《も》みあげるのだが、気が付くと良作は、女の動きにあわせて激しく腰を使っていた。

　爆発、いや爆裂を何度繰り返しただろう。

　良作が隣に体を横たえると、女は桜紙で丁寧に拭き取ってくれたが、すべてを出し尽くしたように感じていたのに、紙が触れただけで反応し始めたのがわかった。

「また、今度ね」

女は含み笑いをしながら、指先でぽんぽんと軽く先端を叩いた。

その笑いと仕種《しぐさ》が呪文でもあるかのように、良作は眠りに沈んだのである。

しきりと啼《な》き交わす小鳥の声で目覚めたときには、すっかり明るくなっていた。障子に陽《ひ》が射《さ》しているので、室内が眩《まぶ》しいほどに明るい。

吐き気はなかったが、酔いと頭痛は残っていた。ぼんやりと天井を見ていた良作は、ゆっくりと周りを見廻して、恐ろしいものを見てしまったのだ。

寝乱れた女の姿である。

まず真っ白な両腿《りょうもも》が目に飛びこんだ。女は自分も桜紙を使っただろうし、浴衣を纏い直したのだろうが、夏ということもあってすっかり開《はだ》けてしまっていた。

腹の辺りを細紐《ほそひも》がひと廻りしてはいるが、浴衣はすっかり片寄っているので下腹が剝《む》き出しになっている。そして白い両脚のあわさり目に、真黒に盛りあがったものが良作を驚かせた。女の体毛を身近で見たのは初めてだったが、尻を撲ったふわふわしたものはそれだったのだ。

引っ込み思案で人見知りする良作も、女の体を知ってからは仲間にも付きあうようになっていた。

顔がちがうように体毛も異なっていて、濃かったり薄かったりと実に多様なのだ。やけに濃いのがいるかと思うと、細くやわらかな毛が申し訳のように生えているだけの女もいたし、土器《かわらけ》と言われる無毛の女と寝たこともある。

だが、見たのはそれが初めてであった。自分とおなじ部屋で眠っている女の体毛は、剛毛と言うしかない。太くて艶のある真っ黒な毛が、ごわごわもわもわと盛りあがっていた。腿や下腹が白いだけに、その黒さと濃さが際立った。

もぞもぞと動いたと思うと声がした。

「起きてたの」

それを聞いて良作は初めて女の顔を見た。それまでは真っ白な腿や下腹、たわわな両の乳房、そしてどこを見ていてもすぐに、黒く盛りあがった体毛に目がもどっていたのだ。女の体はどこもかしこも初めて見るので、すっかり気を取られ、顔にまで目がいかなかったのである。

腫れぼったい細い目をした顔を見て、良作はさらに驚いた。

「お鍋《なべ》」

絶句した。千太郎の家の下女であった。

自分がどんな格好をしているかに気付いたからだろう、浴衣をあわてて整え、下腹や腿を隠しながら鍋は言った。

「あたしたち、こんなことになってしまうなんて」

頭を力まかせに殴られた気がした。

その家の長男である千太郎が、「お多福人形とお鍋を並べたら、お多福のほうが遥《はる》かに美人に見える」と言ったことがある。その鍋と良作は一夜をともにしたばかりか、繰り返し媾《まぐわ》ったのである。

有明行灯が消されていたので、まったくの闇であった。聞いたことのある声だなと思いはしたものの、鍋とは結び付かなかったのだ。

しかし抱きあっているときに鍋だとわかったら、やめることができたかと言われると、どの段階でということにもなるだろうが、あまり自信はない。

「女の寝乱れ姿ほど、この世に恐ろしいものはありません」

良作の言葉に客たちはドッと沸いた。

「しかも醜《しこ》女《め》の寝乱れ姿となると、恐ろしいなどと言える生易しいものではないのです」

まさに笑いが爆発した。普段もの静かな良作が言っただけに、なんとも言いようのない引《ひ》き攣《つ》りに、身も心も苛《さいな》まれたかのような笑いであった。

「起きてるかい、良作。開けるぜ」

声と同時に、返辞を待たずに障子が開けられた。音も気配もまるでしなかったのは、忍び足で庭からやって来たからだろう。千太郎をはじめ、昨夜いっしょに飲んだ全員の顔がそろっていた。

良作はおおあわてで、着物を引き寄せて体を隠した。下帯も付けていない全裸だったからだ。しかも目覚めるなり女の裸体を見たために、そこは怒り狂ったようになっていた。

「あれ、お鍋もいっしょだったのか」

千太郎は意外でならないという言い方をしたが、知っていながらわざと惚《とぼ》けたのである。

「ひどく酔ってらしたので、少しでも楽になればと、背中を擦ってあげました」

「ふーん、背中をね」

言いながら、屑籠《くずかご》に盛りあがった桜紙にちらりと目をくれて、全員がにやにやと笑っている。仲間が相談して仕組んだとわかったのは、ずっとあとになってのことである。鍋が何人もの若者を一人前の男にしたという、豊かな経験の持ち主だということも、であった。

「そのような一幕がありまして、てまえが女を知ったことは仲間全員にわかってしまったのです。ですが女の寝乱れ姿の本当の怖さを知ったのは、それから四月《よつき》ほどしてからでした」

千太郎の家を訪れた良作は、強張った顔をした鍋に庭の植木の中に連れこまれた。

「できちゃいました」

言われた意味がわかって愕然《がくぜん》となったが、だからといって認める訳にはいかない。

「なにがだい」

さりげなく言ったが、その声は微かに震えていた。

「ないんです」

「だから、なにが」

「月経《つきのもの》が止まりました」

「だからって、わたしだとは」

鍋がキッとなって睨《にら》み付けたので、良作はたじたじとなった。

「この顔ですよ。明るいところでは、だれも抱いてくれないわ」

だからあの夜は、有明行灯を消して闇の中で、と言いたいのだろう。続きを言えない鍋は、必死になって目で訴える。

両親や口うるさい親戚の顔が浮かび、思いが入り乱れて良作がなにも言えないでいると、鍋の目に涙が湧いてきた。

「良作さんが初めてなんです」

言葉を喪《うしな》って、良作は呆然《ぼうぜん》と鍋の顔を見ていた。

目はちいさく、しかも目尻は垂れている。目鼻口などの顔の中央部全体がかなり低い、いやほとんど凹《へこ》んでいることに良作は気付いた。しかも鼻そのものが低いのだ。そのため額と両頰、そしてしゃくれた顎が、鼻とほとんどおなじ高さなのがわかった。

そんなことに感心している場合ではないのに、いや、鍋を孕《はら》ませたという事実を考えることを、頭や心が拒否していたとしか思えない。

「良作さんの赤さんが、お腹《なか》にいるのです。良作さんとあたしの子供よ」

頭の中が真っ白になって、なにも考えられなかった。

鍋が主導を取ったあの日のことを、それに良作を導いた台詞《せりふ》を思い起こせば、嘘っぱちであることはだれにだってわかるだろう。初めて男に抱かれた女が、「じっとしてなさいね。すぐにまえのようになりますから」などと言える訳がない。かぎりない体験をして初めて、自然に出て来る言葉なのだ。「良作さんが初めて」な訳がないだろう。

だが鍋を抱いてから、いや抱かれてと言ったほうがいいかもしれないが、仲間と二度しか遊里で遊んでいない良作には、鍋の嘘を見抜くことができなかった。

頭の中で「ああ、困った」「一体、どうすればいいのだ」との二つの言葉が渦を巻いていたが、それに新たに焦りが加わった。鍋と二人きりでひそひそ話をしているところを、千太郎に見られたらなんと思うだろう。

「頼むから堕《お》ろしてくれ」

思わず言ってしまったが、言い終わると同時に鍋の目から涙がツーッと流れ落ちた。

その後は止《と》め処《ど》なく流れ続ける。

泣きながら鍋は激しく首を振った。涙が飛び散った。

「厭です、厭。そんなこと絶対に厭です」

鍋は先刻よりさらに強く良作を睨み付けた。

「あたし、産みますから。良作さんとの子供を堕ろすなんて、そんなひどいことはできません」

「だけどいっしょにはなれないんだ。父や母が認める訳がない」

「子供が、ご両親には孫が、良作さんとあたしの子供が、このお腹にいるのですよ」

「無茶を言わないでくれ」

「無茶は良作さんです」

「わたしには許嫁《いいなずけ》がいるんだ」

思わず嘘を吐くと、鍋は顔を強張らせた。

「だったらなぜ、あたしを抱いたのですか」

鍋だとは思いもしなかったからだし、しかも仕掛けたのはそっちじゃないかと咽喉まで出かかったが、それが通じる訳がないのはわかっている。

途方に暮れてしまった。

七

そんな良作を見て、とてもいっしょになることはできないとわかったのだろう。鍋は厭々をするように何度も首を振り、そして絞り出すように言った。

「あたし産みますからね。絶対に堕ろしません。いっしょになってくれなくても、なんとしても産んで育てます」

　鍋は身を翻すと、駆け出して家の中へと消えてしまった。

「まだ千太郎に会っていなかったのを幸いに、てまえは退散しました。会えば話してしまうにちがいないという気がしたからです。それからは針の筵《むしろ》に坐《すわ》らされたような日々でした。鍋の親が娘を傷物にしてどうしてくれるのだと、呶鳴《どな》りこんでくるのではないか。てまえに言ってもだめだったので、本人が直接両親に話を捩《ね》じこむのではないか。千太郎や仲間が鍋の孕んだことを知って、心配そうなふうを装いながら、てまえが弱り切っているようすを見に来るのではないか。風の音にもビクつくような日々をすごしていたのです。十日、半月、二十日、一月《ひとつき》、二月《ふたつき》となると、打ち明けられたときが四月でしたから、子を宿して六ヶ月です。早い人は腹が迫《せ》り出してくると申します。いつか、だれかが気付くでしょう。一体どうしたというのだねと問われれば、実は桝屋の良作さんがと鍋は答えるに決まっています。あ、ああーッ」
良作が悲痛な呻《うめ》き声《ごえ》をあげたのには、だれもが驚かされた。あまりにも感情が籠って
いたからである。
「ですが、さらに三月《みつき》、四月《よつき》となっても、どこからも、なにも言ってこないのです。ど
うしてだとお思いですか、みなさん」
話し手、それも権三郎に「桝屋どのの独り舞台」と言われて話し続けてきた良作に訊
かれ、客たちは顔を見あわせた。
助けを求めでもするように、視線がいつの間にか甚兵衛に集中した。
いくらか困惑したようだが、仕方ないというふうに甚兵衛は答えた。
「察するところ、なんらかの事情があって良作さんの父上、あるいはご両親の知るとこ
ろとなったのではないでしょうか。そのような始末の付け方は人の道に悖《もと》るとわかって
いながら、金で片を付けるしかなかったのだと思いますが」
「商家の者なら、まずそれが妥当な解決法と考えるでしょうね」
「すると、ちがいましたか。でしたらてまえにはわかりかねます。年寄りよりも、若い
方のご意見を伺うことにしてはどうでしょう」
甚兵衛にそう言われた良作はその場の人たちを順に見廻し、信吾に目を止めた。
「席亭さん、信吾さん、めおと相談屋のあるじさん。若い方の代表として、お答え願え

ませんでしょうか」

　桝屋に注がれていた視線が、一斉に信吾に向けられた。だが信吾は桝屋良作の巧みな話の運び方から、落ち着く先を予測できたので動じることはなかった。信吾自身が相談客に用いていた話法に、共通するものがあったからだ。

「桝屋さんは怯《おび》えながら日々をすごされていたとのことですが、お鍋さん絡みではなにも起こらなかったのではないでしょうか」

「ほほう、なぜそのように」

「千太郎さんたちお仲間は、桝屋さんになんとしても酒を飲ませ、できれば泥酔させてやろう、女を抱かせようとして、内祝いの席との芝居を打ちましたね」

「はい。お蔭でなにも知らないてまえは散々な目に」

「それだけの芝居、狂言を企む人たちでしたら、もう一つ大掛かりな芝居を打つと思います」

「どのような」

「お鍋さんは千太郎さんの見世の奉公人、下女です。小遣いを餌に巻きこむのが、もっとも自然なやり方だと思います。厭だと言えば主家の若旦那ですから、解雇《くび》にすると脅すこともできますから。しかし桝屋さんのお話を伺っておりますと、お鍋さんはおもしろがって、自分から進んで芝居に加わったという気がします。おもしろいことをやって、まじめ一本鎗《いっぽんやり》の桝屋良作さんをきりきり舞いさせられるのですから。しかもなにも知らない良作さんを、一人前の男にするという楽しみもありますからね。それも公然と。なぜなら千太郎さんたちの仕掛けに、荷担する訳ですから。それで小遣いをもらえるとなれば、乗らない人はいません」

話の途中から満面に笑みを浮かべて聞いていた良作は、信吾が話し終えると拍手した。

「これは畏れ入りましたと言うしかありません。まさに仰せのとおりでしたから。相談屋さんが繁盛するはずですよ。席亭さんは人をよく見て、しかもわかってらっしゃる」

「繁盛だなんてとてもとても。奮闘はしてますが、青息吐息ですよ」

いけない、この決まり文句はだれかに、いや何人かに言ったが少々使いすぎだな、と信吾は反省した。

「あ、それよりみなさま」と、信吾は客たちに話し掛けた。「桝屋さんがあれだけの長広舌をふるわれたのですから、人は本当にわかりませんね。ここだけの秘密ですが、てまえは桝屋さんを秘《ひそ》かに無口さんとお呼びしていたのですよ」

爆笑が起きたのを両手で抑えてから、信吾は真顔になった。

「その無口さんが、これほど長々とお話しなさって、しかもおもしろい。心底驚かされました。まるで別人かと思ったほどですから」

「別人でした。いえ、別人にならざるを得なかったのです」と、桝屋良作は静かに話し始めた。「先ほどのお鍋の話の折にも触れましたが、てまえが引っ込み思案な上に人一倍人見知りが激しいと申したのは、決して誇張ではありません。席亭さんが無口さんと渾名を付けてくださったことには驚きましたが、とても光栄です。席亭さんでさえそうなのですから、おそらくどなたも無口な変わり者と見ておられたのだと思います」

ところが思わぬ展開となり、だれもが一番話を聞きたがっている人物だと、権三郎に指名されてしまった。しかも独り舞台と心得、聞く者の度肝を抜いてほしいとまで言われたのである。

「であれば思い切って弾《はじ》けるしかないと、腹を括ったのがよかったと思います。それと先に話された甚兵衛さんの物言わぬ女のお話が、そのようなやり方もあるのだと教えてくれましたのでね」

「そのようなやり方と申されますと」

思わぬところで自分の名が出たからだろう、しかも参考にしたと言われると、甚兵衛としては訊かずにいられなかったようだ。

「虚実を織り交ぜるということです」

「虚実をですって」

「甚兵衛さんはご自分の体験を土台にしながら、話をおもしろくするためにいろいろな要素を付け加えてゆかれたはずです。てまえの見たところ七対三、いえ六対四ぐらいではないかと思います。まえのほう、つまり数の多いのが甚兵衛さんの実体験で、うしろのほうが付け足したか、言い換えられた部分ではないでしょうか。もしかすると五分五分、五対五ということすら考えられます」

甚兵衛がなにも言わずに首筋を掻いたところからすると、まさにそのとおりか、中《あた》らずと雖《いえど》も遠からず、だったのではないだろうか。

「そして権三郎さんの、聞く者の度肝を抜いてほしいとの言葉にも助けられました。人に話したことのない艶笑譚、つまり艶っぽい話、しかも怖い話となると、てまえとすればお鍋に関してくらいしかありません。今だから笑えますが、千太郎たち仲間がお鍋を巻きこんでやった悪戯《いたずら》だったとわかるまでは、本当に怖くて怖くてならなかったのですよ。お鍋が赤ん坊を抱いて家に来た夢を、何度見たかわかりません」

ではどのように語るか、である。

なにしろ将棋会所の中で、見知った顔をまえに話せるような内容ではない。良作が自分の年齢を考慮して控え目に話すと、却《かえ》って気恥ずかしくなって、尻窄《しりすぼ》まりになり、聞き手の期待に応えられないのではないかと良作は思った。

「むしろ徹底して具体的かつ露骨に、できるかぎり大袈裟《おおげさ》に、しかも明るく語ることにしようと思ったのですよ。ですから年甲斐《としがい》もなく、てまえの年齢からは考えられぬほど生々しく話したのが、却って良かったようです。みなさまにも楽しんでいただけたようですし、てまえも思っていたほど羞恥心を覚えずにすみましたから」

話を聞きながら、なぜ良作はここまで露骨に、しかも誇張して語るのかと違和感すら覚えていた信吾は、そうだったのかと思わず膝を打った。

「なるほど、状況に応じ瞬時にして考え方を切り替えることができるから、将棋がお強いのだと納得できましたよ。甚兵衛さんも話が巧みで、腹を抱えて笑いましたが、それに匹敵すると思いました。たった今気付いたのですけれど、お話が抜群におもしろかったお二人は、将棋もこれまた群を抜いてお強いのです。なにしろ昨年暮れの将棋大会で、お二人はおなじ勝率で並び、決戦をして桝屋さんが優勝、甚兵衛さんが準優勝となりました。将棋の強いお方は、話もおもしろいことが証明された気がいたします」

だれもがおなじことを感じていたのだろう、ほとんどの客がおおきくうなずいた。

「そうだそうだ」とか「言われて気が付いたが、まさにそのとおり」辺りはよかったが、「席亭さんが一番お強い」は藪蛇《やぶへび》だったなと思わぬでもなかった。だから色懺悔《いろざんげ》をと言われても、そんな持ちあわせはない。信吾は気付かぬ振りをして話を振った。

「将棋が強い人は話がおもしろいとなりますと、なんとしても第三位になられた太郎次郎さんにも、話していただきたいと思うのですが」

拍手が沸き起こった。

唐突に名指しされた太郎次郎は、真っ赤になっておおきく両手を振った。

「とてもとても、てまえなんかお二人の足許《あしもと》にも及びませんよ」

「引っ込み思案で無口な桝屋さんが、あそこまでわたしたちを楽しませてくれたのです。それも芝居の早変わりのような、見事な変身振りを見せてくれました。ですので太郎次郎さんにもぜひ」

「勘弁してくださいよ。てまえは口下手、話し下手を絵に描いたような男なんですから」

「となると、無口な桝屋さんにも負けぬ大化けが期待できます。いえ、今ここでという訳ではありません。そのうちにということで、ね。だったらいいでしょう、太郎次郎さん」


困惑の極みにある太郎次郎の目が、強い輝きを宿したことを、信吾は見逃さなかった。甚兵衛と桝屋良作の話芸に接したのだ。将棋が強い人は話もおもしろいと言われて、太郎次郎がおめおめと尻尾を巻くとは考えられないではないか。

女先生冷汗

一

庭で一輪挿しに活《い》ける花を探していた波乃は、モトに「相談のお客さまがお見えです」と声を掛けられた。であれば大黒柱の鈴で将棋会所にいる信吾に連絡すればいいのにと思ったが、モトは「女先生に、とのことですから」と念を押したのである。

信吾と二人で相談に応じることはけっこうあるが、波乃を指名してくる相談客はそれほどはいない。

八畳の表座敷で待っていたのは、十代半ばと思われる若い女であった。どことなく憔悴《しょうすい》して見えるのは、相談に来たからには相当に悩んだからだ、との思いが波乃にあったせいかもしれない。

商家の娘のようだが供は連れていなかった。普通なら監視の意味もあって、親が世話係の供を付ける。とすると、親や供の目を盗んで一人でやって来たのだろうか。供がいてはできない相談であれば、「おまえは庭を見せてもらいなさい」とでも言って席を外させればいい。しかし、もどれば娘の親である御主人に報告するはずだから、となればおなじことだと考えたのかもしれなかった。ましてや相談屋を訪れたとあっては、根掘り葉掘り質《ただ》されるに決まっている。

相手が糸《いと》だと名を告げたので、こちらも波乃だと名乗った。

「めおと相談屋ですから、ご夫婦でやってらっしゃるのですね」

糸はわかりきったことを訊《き》いたが、疲れのせいでうっかりしていたからだろうか。顔の強張《こわば》りようからすれば、緊張が解けていないようだ。

「はい、そうですよ」

微笑《ほほえ》みながら答えたが、波乃の声は女性としては低くて落ち着いていることもあり、糸はいくらか安心したように感じられた。

「女先生だけに聞いていただくことも、できますね」

もちろんだというふうに波乃はおおきくうなずきながら、女先生か、と思わずにいられなかった。十八歳ということもあるのだろうが、馴染《なじ》まないというより、どうもしっくりこない言葉である。

「糸さん」

「はい」

「波乃と呼んでくださいな。そのほうが話しやすいでしょうから」

「わかりました」

「こちらにはいろいろなお客さまがお見えになりますし、みなさん、それぞれ悩みもちがいます。困っている方、迷っている方、悩んでいる方に応じて、主人がお話を聞くこともあれば、あたしがお相手する場合もありますし、二人でお話を伺いもします。悩んでいる方の悩みをなくす、あるいは軽くしてさしあげるために開いた相談屋ですからね。男の方やお年寄りはあたしでは手に余りますが、娘さんとか子供さんは主人よりもあたしのほうが話しやすいようです」

「子供さん、ですか。子供さんが悩みの相談に来るのですか」

「はい。だれにだって悩みはありますもの」

波乃の言葉に目を円くしてから、糸は弱い笑いを浮かべた。

「そうですよね。あたしなんかもお年寄りから、若い娘がなにを悩むことがあるのだと笑われそうです」

「悩んでおられる方にこんな言い方をしては失礼かもしれませんが、気楽にというのも変ですけれど、どうか硬くならないで話していただきたいの」

「はい。ですがあまりにもへんてこな話なので、信じてもらえないかもしれません」

ゆっくりとした波乃の導き方に安心したのか、糸はそのように断ってから話し始めた。

波乃は不明な点や矛盾と感じられる部分があっても、一段落つくまでは口を挟まずに聞くことにした。話しにくいことを打ち明けるのだから、なるべく糸が緊張しないように、やわらかく受け止めるように留意したのである。

奇妙な話だと糸は言ったが、たしかにそのとおりであった。

眠っていた糸は、だれかに呼ばれたような気がして目が醒《さ》めた。しかし有明行灯《ありあけあんどん》の薄ぼんやりした明かりだけの室内には、自分以外にはだれもいない。

気のせいだと思って眠ろうとすると、またしても呼び掛けられた。「糸」と名前を呼ばれたのである。声の主は若い男のようだが、自分の名以外はよく聞き取れなかった。

鏡台の辺りから聞こえたような気がしたので、しばらくようすを窺《うかが》ったが、やはり鏡から聞こえてくるようだ。それにしても、鏡が語り掛けるなどということが果たしてあるだろうか。

鏡は布に包んで柄付きの筐《はこ》に入れて蓋をし、筐ごと小机の上の鏡台に斜めに掛けてある。くぐもったように聞こえたのは、布と蓋に二重に被《おお》われているためかもしれなかった。

なんとなく億劫《おっくう》でもあったので、糸はそのまま眠ろうとした。ところが声がちいさいため、なにを言っているかわからず、却《かえ》って気になって眠ることができない。

仕方なく起きて被《かぶ》せ蓋《ぶた》を外し、鏡を筐から取り出すと、包んである布を拡《ひろ》げた。鏡面を覗《のぞ》きこむと、当然だが映っているのは自分の寝惚《ねぼ》け顔であった。

鏡から若い男の声が語り掛けた。

「イトだね」

糸は叫びそうになって思わず手で口を塞いだが、全身が総毛立ち、同時に激しい震えに襲われた。鏡に語り掛けられ、それも自分の名が呼ばれたことが理解できなかったからだ。

なぜ鏡は自分の名を知っているのだろう。そしてどんな目的で話し掛けて来たのか、まるで見当も付かなかった。

「いるのはわかっているのだ。イトだろ」

「……え、ええ」

訳がわからないが、呼ばれたのが自分の名だったので糸は仕方なく返辞した。歯がカチカチと音を立てて鳴った。不気味でならなかったが、糸がいることはわかっていても相手には見えていないことに気付き、いくらかではあるが冷静さを取りもどすことができた。

「やっと聞いてくれる気になったんだね。それにしてもひどいじゃないか」

関わると碌《ろく》なことがないだろうから、鏡筐《や》に仕舞って蓋をしようかと思った。しかしそんなことをしても、話し掛けることを止めはしないだろうと思い直した。

となると取《と》り敢《あ》えずは、少しでも相手のことを知ることが先だという気がした。

「あなたはだれなの」

「しらじらしいなあ、イトは。今さらそれはないだろう」

イトと呼ばれたが、自分とおなじ糸とは思えないし思いたくもない。だから糸は男の言った名を、取り敢えずイトと片仮名にしておいた。

まず知りたいのは男の名前であったが、相手は名を言わなかった。顔は見えないが、鼻で笑ったような気がしたのである。

「鏡を見てるのね」

「そうだよ。鏡は女の魂だと言うから、イトの鏡を見ている。黙って持ってきて悪いと思ってはいるけれど、あんなふうになったのだから仕方ないだろう。鏡を見てるから、話が通じたんじゃないか」

ますます訳がわからない。鏡を黙って持って行ったらしいが、もしそうであれば、糸が見ているのは一体だれの鏡だというのだ。毎日、姿を映している鏡なのに。

それに、あんなふうになったと言われる覚えはないし、糸の周辺にそんな若者はいなかった。

「そちらの鏡には、あたしは映っていないのですか」

思わず問い掛けたが、自分でもなぜそんなことを訊いたのかがふしぎであった。相手もおなじ思いだったようだ。

「どうして、そんなことを訊くんだ」

「映っていれば、あたしがあなたのおっしゃっているイトさんではないのが、わかるはずだと思ったからです」

「なに馬鹿なことを言っているのだ。ここにいないイトが鏡に映る訳がないだろう。映っているのはおれの顔だけだよ」

糸が鏡を見ているのとおなじ状態らしい。

つまり若者も糸も鏡を見ていて、そこには本人の顔が映っている。糸の鏡は手許《てもと》にあるのに、若者はそれを持って行ったと言っているのだ。訳がわからない。

もしそうだとしても、鏡を通して会話をすることなど、できるのだろうか。現にそうしているのに、それでも糸には信じられなかった。

「あなたは鏡を持って行ったと言いましたが、あたしはその鏡を見ているのですよ」

「嘘《うそ》だろう。姉さんのを借りて見てるに決まってる」

「あたしに姉はいません。これではっきりしましたね。おわかりでしょう。あたしの名は糸だけど、あなたの付きあっていたイトさんではないのです」

「勘弁してくれよ。フサにちょっかい出したことを怒ってるのだろうけど、ああすればイトが焼餅を焼くと、焼いてくれると思ったからじゃないか。それなのに、そんな気配さえ見せないのだから、がっかりしたよ。冷たいったらありゃしない」

「フサさんってどなたなのかしら。あたしの周りにはそんな人はおりません」

「手習所にいっしょに通ったフサっぺだよ。いくらなんでも、そこまでシラを切ることはないだろう」

「シラを切っているのでも、ふざけているのでもないの。本当に知らないのです。あなたがだれかもわからないのですから、訳のわからないことを言われても困ります」

「なあイト、お願いだから元の鞘《さや》に収まってくれよ。頼む。あんなふうにされて恨んだこともあったけれど、どうしてもイトを忘れることができないんだよ、おれは」

「何度言ったらわかってもらえるのかしら。わたしは糸だけど、あなたの付きあっていたイトさんではないの」

　だが堂々巡りで、いくら言っても信じてもらえない。

　訳がわからず糸は混乱してしまった。ともかく、相手のことがなに一つわからないのだからどうしようもない。名前に年齢、仕事、どこに住んでいるのか、イトとの関係、いや相手の言っているイトのことそのものが、まるでわからないのである。

　ともかく自分は相手の言っているイトではないので、これ以上は関わるつもりはなかった。打ち切ろうと思うのだが、そうはさせまいとする。

　ところが不意に、相手は早口になった。

「あ、いけねえ。じゃ、またな」

それっきり、声は聞こえなくなった。

人が来たか、なにか事情があって会話を続けられなくなり、鏡を筐に入れたのだろうか。ということは、これからも話し掛けてくることがあるということだ。

そこまで話して、糸はちいさな溜息《ためいき》を吐《つ》いた。

「お話し中、失礼します」と、モトの声がした。「お茶をお持ちいたしました」

二人のまえに茶菓子を置くと、一礼してモトはさがった。

「ちょうどよかった。糸さん、咽喉《のど》が渇いたでしょう」

「あら、扇谷伊勢《おうぎやいせ》の七種煎餅《ななくさせんべい》だわ」

波乃が驚いたのは、糸の明るい声を初めて聞いたからであった。その明るさこそ年齢にふさわしく思えたが、それだけ糸は打ちのめされていたということだろう。

並木町の菓子舗「扇谷伊勢」を知っているということは、波乃は初めて見た顔だが、糸は浅草界隈《かいわい》の住人なのだろうか。もっとも波乃はそう出歩く訳ではないので、おなじ年頃であっても見知った顔はそれほど多くはない。

「そんなふうにして妙な関わりができたというか、あたしにしては迷惑なことになってしまったのです」

糸は沈んだ顔にもどっていた。

「そのことをだれにも打ち明けなかったのでしょう、糸さんは」

「だれに、なんと言って打ち明ければいいのでしょう」

「そうでしたね。話していただくまえに、まずは咽喉を潤してくださいな」

波乃はそう言って湯呑茶碗《ゆのみぢゃわん》を手にした。

二

七種煎餅を摘《つま》みながらゆっくりと茶を味わったことで、糸は人心地が付いたらしい。緊張が解けたらしく、表情もかなりやわらかく感じられた。

茶を飲み終えて茶碗を下に置いた糸は、ちょっと首を傾《かし》げてから言った。

「相談料というのですか、相談に乗っていただいたお礼ですけど、いつお払いすればいいのでしょう。それに、いかほどかしら」

波乃は楽器商の娘でありながら、このような遣《や》り取《と》りはなんとなく苦手としていた。

「相談料は最初に双方で話しあって、どのような相談か、時間を取られるかそうでないのか、調べものや手間がどのくらい掛かるか、などによって決めます。いただくのは相談の内容にもよりますが、取り掛かるまえ、取り掛かるときに半金で終わったときに残り、解決したとき、と三つの方法があります」

「此度《こたび》のあたしの場合は、どうすればいいのでしょう。いかほどを、いつお渡しすればいいのかしら」

「糸さんの相談は、なにがお悩みで、どのようにしたいということでしょうか」

「それがわかっていたらいいのですけど、なにがなにやら訳がわからないので、一体どうしたらいいのかと」

「そうでしたね。なにをどうしたいとか、どうすれば問題がなくなる、悩まなくてもすむようになるというのではありませんものね。でしたら続きを伺って道を探ることにしましょう。なにをどうすればいいかがわかれば、相談料はそのときに話しあえばいいですから」

糸は少し考えていたが、納得したようである。話し方からすればそこそこの商家の娘らしいので、双方の納得のいく額になるだろうと、それに関しては波乃はさほど心配してはいなかった。

「波乃さんは鏡が話し掛ける、いえ、ちがいますね。鏡を通してだれかと話ができる、なんて信じられますか」

「信じられません、そんなことはとても」

「でしょうね」

糸が考えていた、あるいは秘《ひそ》かに期待していたのとは、かけ離れた返辞だったらしい。思っていた以上に気落ちしたらしいのがわかった。

「だけど糸さんの身に起きたことですから、あたしは信じます」

波乃はきっぱりと言い切った。

「本当ですか」

糸の顔は明るくなったが、それでもどことなく半信半疑というふうであった。仕事として、立場上そのように答えたとでも思ったのかもしれない。

「だって知りもしない人が鏡を通して話し掛けなければ、糸さんは悩まずにすみますし、なによりもここに来なくていいでしょう。来るまえに糸さんはなんとかしたくて、身の廻《まわ》りの親しいだれかに打ち明けようと思って悩んだはずです。だけど鏡が話し掛けるなどと言っても、信じてくれるとは思えません。冗談か、でなければ気が触れたと思われるのが関の山です。親しければ親しいほど話しにくいと思います。鏡と話しているところを、だれかに聞いてもらうことも考えたかもしれません。だけどそれに気付くとか、気配を感じたら、鏡の人は黙ってしまうでしょう。すると糸さんの立場はありませんものの」

「そう、そうなんです」

「布に包んで筐に収め蓋をしただけで、声は随分ちいさくなりました。だったら十重二十重《とえはたえ》に布で包んで強く縛り、行李《こうり》の底にでも仕舞っておけば、声は聞かなくてすみます。でも問題はなにも片付いていませんし、鏡はそこにあり続けますからね。鏡は毎日使うものですから、そんなことをしては意味がありません。ですから切羽詰まって、糸さんはこちらにいらしたのでしょう。だからあたしは信じます。糸さんの悩みを受け止めて、いっしょに考えられると思います。多分、今まで伺ったのはほんのとば口で、これからもっとややこしく、訳がわからなくなるという気がしますけれど」

糸はおおきくうなずいたが、目がそれまでとはちがって強い輝きを宿しているのに波乃は気付いた。

「波乃さん」

「はい。なんでしょう」

「あたし随分と迷いましたけど、ここに来て良かった。本当に良かった」

「良かったかどうかわかりませんよ、冷水《ひやみず》を浴びせるようで申し訳ないですが」

「えッ、なぜでしょう。だって波乃さんはあたしのとんでもない話を信じてくれたし、気持をよくわかってくれていますもの」

「本当によかったと思えるのは、糸さんの胸を塞いでいるもやもやしたものが、きれいに消えたときです。これからそれに二人で立ち向かうのですからね。さ、始めましょう」

波乃の言葉に糸は口を強く結んで何度もうなずき、少しのあいだ考えを纏《まと》めていたようだが、やがて淡々とした口調で話し始めた。

「あたしは晩ご飯をすませると片付けものなどをして、早ければ五ツ（八時）、遅くとも四ツ（十時）には横になります。横になったか眠りに入ったのを見越したように、その人は話し掛けて来るのです。まるで見張られているようで気味が悪かったのですが、あたしの思いすごしでしょうね。なぜなら、商家の娘は大抵そのころ蒲団《ふとん》に入りますから。だけど、あたしはその人が言っているイトさんではなくて糸ですから、話が嚙《か》みあう訳がありません」

二度目、三度目となると、さすがに糸はうんざりしてしまった。意味のない遣り取りをいつまでも続ける訳にはいかないが、そのためには相手が何者かを知らなければならない。その上で、自分は糸であってその若者の想い人《おもびと》のイトでないことを、はっきりとさせる必要があった。

しかし糸は、自分があまりにも若者について知らないのがわかって、われながら呆《あき》れてしまったのである。

付きあっていたのか片思いかはわからないが、若者の相手の名はイトで、イトには姉がいる。べつにフサという女がいて、三人はおなじ手習所で学んだ。知っているのは、たったそれだけであった。

事実を明らかにして関係を断つためには、糸は若者の名前や住まい、家業や屋号を訊き出さねばならない。だが最初の遣り取りからしても、簡単に打ち明けるとは考えられなかった。糸をイトだと思いこんでいる若者にすれば、そんなことは当然知っているはずだからである。

そこで考えたのは糸とイトをうまく使い分けて、イトが何者であるかを喋《しゃべ》らせることである。とはいっても相手にとってはわかりきっていることなので、それを訊き出そうとすれば警戒されるかもしれなかった。

であれば怒らせ、挑発して、話すように仕向けるのがいいかもしれない。鏡には当然だが、自分だけが映って相手は映らない。だからこちらがなにをしているか、相手にはわからないのである。

糸は鏡台を置いた小机に、硯《すずり》と墨、水差し、そして筆と料紙を用意した。

次に男が鏡を通じて話し掛けてきたとき、糸は硯に水を垂らして墨を磨《す》りながら、さり気なく切り出した。

「ねえ、あなたは本心から、あたしと撚《よ》りを戻したいと思っているの」

「あたりまえじゃないか。何度も言ってるのにはぐらかしておいて、そんな惚《とぼ》けたことを言うんだから、イトには敵《かな》わねえよ」

「だったらあなたの名前を教えてよ」

「おい、イトさん。くだらん冗談を言うと、本当に怒るぞ」

「あたし、いろいろ考えたんだけど、あなたがなぜ勘ちがいしたかわかったの」

「勘ちがいだなんてなにを言い出すんだよ」

「あなたはイトさんの所から持ち出した鏡に話し掛けたのでしょうけど、たまたまあたしは名前が糸だから、自分が呼ばれたと思って返辞をしました。だけどあなたはイトさんが出たと思ったので、行きちがい、喰《く》いちがいが起きてしまったのよ。イトさんだと思いこんだあなたは、あとはなにを言ってもあたしの言うことに耳を貸そうとしない」

「いくら付きあいを止めたい、縁を切りたいからって、なにも話をでっちあげることはないだろう。イトらしくないぞ」

「イト、イトと簡単に呼んでくれますが、それほどイト、イトと繰り返すからには、あなたはイトさんのことをよく知ってるのでしょうね」

「当然だろうが」

「嘘」

「嘘なんか吐く訳がないじゃないか。なんで吐かなきゃなんねえんだよ」

「イトさんの鏡に話し掛けたら、読みがおなじ糸のあたしが出た。それなのに、あなたはあたしをイトさんだと言い張るのね」

「言い張るもなにも、イトだからイトだと言ってるんだよ」

「あたしのことなどなにも知らないくせに」

「知ってるさ」

「だったら、あたしの住まい、家《うち》の商売、それに屋号を言ってみて。知ってる訳ないんだから」

「おいおい、冗談もいい加減にしてくれよ」

相手は急に笑い出し、笑い終わると糸の聞いたことをすらすらと喋ったのである。簡単にはいかないと思っていたが、なんと相手は引っ掛かったのだ。糸は素早くそれらを書き留めた。

「糸、開けますよ」

母の声がしたかと思うと、返辞も待たずに襖《ふすま》が開けられた。

思いもしていなかったので、筐から出した鏡を鏡台に掛けたままであった。とても筐に仕舞えず、布で覆いさえできなかったのである。

糸は辛《かろ》うじて、イトについて控えた紙を裏返すことだけはできた。

素早く室内を見廻した母は、どうも変だという顔になった。

「いくらお母さんだからって、ひどいじゃない。返辞をするまえに開けるなんて」

「声がしたものだからね」

「独り言を、自分では気付かないままに言っていたのかしら」

母の闖入《ちんにゅう》で気が動転していたが、なんとかその場を取り繕うことだけはできた。

糸の部屋は六畳間だが、一間半が母の入って来た廊下側の襖と壁になっていて、二間のほうが南面で障子になっている。母は足早に近付くと、障子をさっと開けた。当然だが雨戸が閉《た》てられている。

「どうしたの」

「男の声がしましたからね」

そこまで言われてようやくわかったが、母は糸が男を引き入れたと勘ちがいしていたのだ。

「どういうことなの」

抗議したときには、糸は腹立ちで顔が真っ赤になっていた。

「糸は婿取りまえの娘なんですからね」

「ひどい。母さんはあたしを、そんなふしだらな娘だと思っていたのですか」

「思やしませんよ。思やしませんけど、万が一のことがあったら、それこそ取り返しが付かないでしょう」

「万が一って、だったら、あたしを疑っていたってことじゃない」

「疑ってなんかいませんよ。だけど傷物になったら、碌《ろく》な婿は来ませんからね。それを承知で来るような婿は、嫁の弱みに付けこんでしたい放題をして、結局は家を喰い潰してしまうものなの」

母に疑われた衝撃と口惜《くや》しさで、糸の両眼《りょうめ》からは涙が流れ出た。母の言葉の端々に、娘の幸せより家を守らなければとの思いのほうが遥《はる》かに強いことが、露骨に現れていたからである。

娘の涙を見た母は、さすがにそれ以上言うことはせずに部屋を出た。

三

「次の日にね、波乃さん」

「はい。なんでしょう」

「あたしは母に、着替えるように言われたのです。人に会うのだから、身嗜《みだしな》みを整えるようにって。なぜだかおわかりですね、女先生の波乃さん。ではなかった、波乃先生」

「ほんの少しお姉さんだけなのに、先生なんてからかうものではありませんよ。波乃と呼ぶように言ったでしょ、最初に。それより、残念ですがあたしにはわかりません」

「気が触れたと思われたんです。あたしは鏡に気を取られていてわかりませんでしたが、廊下を通り掛かった母は男の声がしたので、てっきり娘が男と密通していると思ったのでしょうね。でもそうでなかったので一安心しましたが、廊下にいて聞こえるほどの独り言を言っていたとすると、今度はべつの心配に襲われたのだと思います」

波乃は自分より年下の糸が、平気な顔で密通と言ったので驚いた。だが娘たちの会話には、間男とか密通は案外と出る言葉なのかもしれない。いわゆる耳学問で得た知識ということだ。

「するとお医者さん」

「掛かり付けの、讃悉《さんしつ》先生の所に連れて行かれました」

奉公人がいる手前、いかに掛かり付けの医者であろうと、見世に来てもらう訳にいかなかったのだろう。一人娘の具合が良くないとなると、奉公人たちが心配するだろうし、不安になるからだ。

「夜中に鏡に向かって話しておりましてね。それも男の声と自分の声を使い分けて、話の遣り取りをしていたものですから、てっきり気が触れたのではないかと」

当然だろうが、母は筐から出して鏡台に掛けてあった鏡に気付いていたのである。

讃悉先生は終始にこやかに、淡々と質問を繰り返したが、ときおり思い掛けないことや、ひどく飛んだ質問を交えることもあった。

そして半刻《はんとき》（約一時間）ほどで終わったので、母娘《ははこ》は家にもどったのである。

当然、母親は翌日か翌々日には讃悉を訪ねて、いろいろと訊くはずである。

イトに関すること、住まいや商売、そして屋号を糸は控えておいたと言った。であればなんらかの行動を起こしたと考えていいが、波乃はそれには触れないようにした。必要だと思えば、糸が話すはずだからである。

「鏡さんが、あッ、ごめんなさい、波乃さん。名前がわからないから、あたしはその男の人を心の裡《うち》で鏡さんと呼んでいたのです。その鏡さんが次に話し掛けてきたとき、それまでと調子が変わっていることに、あたしは気付きました。つまり、突然部屋に入って来た母とあたしの遣り取りを、おそらくはその一部でしょうが聞いていたのだと思います。それまでにもなんとなくではあっても、どこかおかしいという気はしていたのでしょうね。だから母娘の遣り取りから、イトさんとあたしが別人であることがわかったのだと思います。ところが呆れるではありませんか」

相手は糸こそ、自分が想い描いている女性だと言い始めたのである。そればかりか、あれだけ復縁を迫っていたイトをボロクソに言い、糸に付きあってもらいたいと言い始めたのだ。

さらには振られた腹いせに、イトにとことん厭《いや》な思いをさせてやるんだ、などと言う。それが男の意地だそうだが、どう考えても滅茶苦茶で辻褄《つじつま》があわないのに、本人はそれに気付いてもいないのである。糸は呆れ、そしてうんざりした。

「イトさんがあなたから離れて行ったのが、わかるような気がします。いえ、はっきりわかりました。だってあなたはあまりにも自分勝手なんですもの。そんなあなたには、まるで魅力が感じられません。あたしは付きあう気はありませんからね。あなたの言っているイトさんがどんな字を書くのか知りませんが、あたしは絹や木綿の糸、その糸と書きます。イトさんではないとわかったのだから、二度と話し掛けないでください。この鏡も処分しますから」

　糸は突っぱねた。

「待て、待ってくれよ糸さん。イトに邪険にされ、糸さんに振られたら、おれはもう生きてられないよ。頼むから付きあってくれ。ともかく一度、一度だけでもいいから会ってくれよ。それでどうしてもだめだというなら諦めるから」

「いい加減にしてください」

「会ってくれないなら、話を聞いてくれないなら、おれ死ぬからな」

「そんな脅しはあたしには利きませんよ」

「死ぬぞ。本当に死んでやる」

　どうせ脅しだとしても、万が一死なれでもすれば、自分には無関係であるとしても後味が悪いし、人の死は避けねばならない。しかし糸は、自分勝手な相手に我慢ができなかった。

「どうぞ、ご勝手に。死ぬ死ぬと言って死んだ人はいないそうですから。本当に死のうと思ってる人は、人を脅したりしないで、黙って死ぬそうですよ。ですから、もう、これっきりにしてください。夜が明けたら鏡は処分しますから、いくら話し掛けてもむだです」

そう言うと鏡を布で包み、筐に入れて蓋をした。それでもまだ鏡からは、すっかりちいさくなりはしたが、喚き声《わめごえ》が聞こえる。しかも喚き続け、やめようとしないのだ。

糸は鏡筐に座蒲団を被せ、衣紋掛《えもんか》けに吊《つ》るしてある着物や、辺りにあるあらゆる物をその上に載せた。

そして蒲団に潜りこんだ。さすがに声は聞こえなかったが、糸は一睡もできなかったのである。

小鳥のさえずりを耳にした糸は、ガバと上体を起こした。

「めおと相談屋があるじゃない」

思わず声に出してしまった。

世話係の女中のフジを供に、土地の人が宮戸川と呼ぶ大川の右岸を歩いているときだった。

「あッ、よろず相談屋の看板が、めおと相談屋に変わってる。ということは若先生、お嫁さんをもらったのね」

フジが弾んだ声でそう言ったが、糸には訳がわからない。フジの話では、相談屋の若先生は去年、瓦版に取りあげられて江戸中の評判になったそうだ。

若先生の名は信吾で、相談屋だけでなく将棋会所もやっている。その開所一周年を記念して将棋大会を開催したところ、破落戸《ごろつき》が金を包ませようと言い掛かりをつけた。ところが若先生、いとも簡単にやっつけてしまったとのことだ。

そして今年になって、めおと相談屋と名を改めたのである。ということは、お嫁さんも相談に乗ってくれるということだろう。

それが天啓のように閃《ひらめ》いたということは、そこで相談に乗ってもらえさえすれば、自分の悩みは解決できるということだ。短絡的に糸は結論した。いや、一睡もできなかったこともあって、それ以外には考えられなかったのである。

フジを供に見世を出た糸は途中でなんとか世話係を撒《ま》いて、めおと相談屋の女先生波乃に会うことができた。

そこに至ってようやく、波乃はほんのわずかかもしれないが手懸りを得ることができたのだった。

訳のわからない状態から脱するための方法として、糸は若い男、つまり鏡さんからイトの住まいと家業、そして屋号を訊き出すことに成功した。つまりイトに鏡さんの住まいと名を教えてもらえば、本人の鏡さんに会えるのだ。糸に付き纏わぬよう厳重に抗議できるし、それでも止めないなら、知りあいの町方の役人に訴えると釘《くぎ》を刺せるはずである。

ところがその鏡さんがイトを散々貶《けな》し、挙句の果てに糸に交際してくれと言い出した。当然だが応じることなどできないので拒否すると、だったら死んでやると脅す始末である。

これで糸は、イトを訪ねることができなくなってしまった。鏡さんがイトに厭気がさして、糸に交際を求めてきたからである。

それ以前であれば、イトに会って鏡さんの名前と住まいを訊き、本人に会えば問題はすべて解決するはずだった。

しかし今となっては、それほど危険なことはない。イトのことは知らないが、糸は育ちがいいのですなおだし、容貌もとても愛くるしい。鏡さんはますます熱をあげるだろう。

さらに状況が悪化して八方塞がりとなってしまった糸は、困り果てて「めおと相談屋」にやって来たということなのだ。一睡もできなかったのであれば、顔をあわせたとき憔悴して見えたのは当然であった。

「あたしがイトさんに会いましょう」と、波乃は糸の目を見ながら言った。「そして話を伺って、場合によってはあたしとイトさんの二人で鏡さんに会い、イトさんの都合が悪い場合は、あたし一人で本人に会って決着を付けます。大丈夫ですよ、糸さん。絶対に鏡さんが話し掛けてこないようにしますから」

「できるのですか、本当に」

「それができなければ、めおと相談屋は続けられません」

大見得を切ってしまった。

それでいいのである。言った以上は、やらねばならないからだ。

「御番所、町奉行所ですね。そこの、旦那と呼ばれている定町廻《じょうまちまわ》り や臨時廻りの同心の方、それに親分と言われる目明しに知りあいがいますから、糸さんに話し掛けないよう、鏡さんに釘を刺してもらいましょう」

信吾は同心に知りあいがいるが、波乃は岡っ引の権六親分しか知らない。だがそれでかまわないのである。糸が安心できればいいのだから。

「イトさんの、糸さんではないもう一人のイトさん、ああ、ややこしいわね。鏡さんが付きあっていたイトさんのお住まいと家の商売、屋号を教えてくださいな」

糸は懐に手を入れて折り畳んだ紙片を取り出すと、波乃に渡した。波乃はモトに硯や筆などを持って来させると、それを紙に書き写して、紙片を糸にもどした。

「あ、これは波乃さんが」

「なにかのときのために取って置きなさい。それからあなたのお住まい、家業、屋号を教えてください」

わかってはいるのだろうが、それでも糸はためらった。

「ここに来るために、おフジさんを撒いてしまいましたね。一回ならともかく、おなじ手を二度使うことはできません。ここに来ることは家の人にも言えないでしょう。おフジさんにお金をあげて口止めすることもできますが、こういうことは用心したほうがいいのです。あたしはもう一人のイトさんに会って、どのように事を運んだかを、あなたに報告しなければならないでしょう。だからあたしが糸さんのお家に伺います。相談屋の女房です、なんて名乗りませんからご安心を。糸さんの親しくしている人の名を教えてくださいな。その人に紹介されて来ましたと言えば、お家の方も奉公人も変に思いませんからね。なるべく早くケリを付けたいでしょう、糸さんも」

「だったら梅若《うめわか》さん。梅の花の梅に若いと書きます。踊りのお師匠さんです」

波乃は糸の連絡先を手控えに書き入れた。

「なるべく早くケリを付けますが、四、五日は掛かるかもしれません。なんとしても糸さんが悩まされることのないようにしますから」

そう言って安心させると、家の人が心配してるでしょうからと、波乃は糸を送り出したのである。

四

「あたしは糸さんを信じることにしました。嘘を吐いているとは思えなかったし、作り話とも考えられないからです」

　夕食を終えて表の八畳間に移って茶を飲みながら、波乃は糸から聞いた奇妙な出来事を信吾に話して聞かせた。聞き終えた信吾は、「そんな馬鹿な」などと言わずに、糸を信じると言った波乃の言葉を受けて、こんな話を始めた。

「鏡にふしぎな力が備わっていることは、昔から言い伝えられているからね。長いあいだ空き家になっていた古い屋敷に移り、あれこれと手入れして住んだ人が、古井戸の底で鏡を見付けたという話がある。なにかを感じたのか夜中に目覚めて庭に出ると、古井戸がぼんやりと明るいので気になって近付いたそうだ。井戸の中は真っ暗なはずなのに微《かす》かに明るく、なにかが聞こえる。耳を澄ませると、わたしをここから出してほしいと、井戸の底から声がした。夜が明けてから井戸の底に降りてみると、水脈が変わったためか涸《か》れ井戸になっていた。古びた革製の袋があって、中に鏡が入っていたんだ。昨夜、自分に話し掛けたのはこの古鏡だったのだと、持ち帰って改めて見直すと立派な鏡でね。ぼろぼろに錆《さ》びていて当然なのに、汚れを拭き取ると自分の顔が映るくらいきれいだし、裏にはさまざまな動物や文字らしいものが刻まれている。なにでできているかはわからないが、どうやら鉄や銅ではないらしい。いかにも神々しいので、上等の布に包んで神棚に祀《まつ》ったそうだ。それからというもの迷いが生じると、どうすればいいかを鏡が教えてくれたらしい。お蔭《かげ》で商売は繁盛するし、いいお嫁さんが来てくれて子供にも恵まれたそうなんだ」

「なんだか夢物語ですね。まさかあり得ないだろうけど、こんなふうになるといいなって思いが凝り固まったみたい」

「鏡に命を助けられたって話もある。可愛《かわい》がってくれた祖母が亡くなるときに孫娘に手鏡を渡して、これをわたしだと思っておくれ、おまえを護《まも》ってあげるからと言って息絶えた。孫は手鏡を袋に入れて肌身離さなかったんだ。戦が続いていた時代のことでね、娘が住む村も戦場になった。突然の敵襲に村人たちは先を競って逃れようとしたが、流れ矢が胸に当たって娘は倒れた。両親はどうすることもできず、逃げるしかなかったんだ。敵味方が闘いながら場所を移したので、両親が引き返すと娘は倒れたままだった。気を喪《うしな》っていたんだね。胸に矢は当たったけれど、突き刺さらなかった」

「おばあさまの手鏡が護ってくれたのね」

「そう。袋に入れて懐に仕舞っていたので、矢から護ってくれた。おばあさまの手鏡がなければ、心の臓を貫かれていただろう」

鏡には鏃《やじり》でできた瑕《きず》が残ったが、家の宝物として伝え、毎朝、両手をあわせているとのことである。

「そうすると、糸さんの鏡が話し掛けても、ふしぎではないのね」

「ふしぎではないけど、ちょっと変だな」

「ちょっと変ということは、おかしいってことでしょう」

「鏡は女の魂とも言われているから、女の人の想いが鏡を通じて切々と訴えるならわからないでもないけど、糸さんの言うところの鏡さんだろ、話し掛けるのは」

「イトさんを思う気持が、それだけ強かったってことじゃないかしら」

「だってちょっとしたことで、イトさんから糸さんに乗り換えようとしたんだよ」

糸とイトは信吾と波乃だからわかるが、他人《ひと》が聞いたら訳がわからないにちがいない。

「そんな男では鏡に想いが籠りそうにありませんね。ともかく、あたしは今日、お昼ご飯を食べたらイトさんを訪ねます。鏡さん、つまり糸さんが悩まされている人の名前と住まいを教えてもらって、おそらくそのあとで鏡さんに会うことになると思います」

「モトを連れて行くように」

「もちろん、一人で出歩くようなことはいたしません。これでも新妻ですから」

「これでもなんて、波乃にしか言えないね」


糸に教えられた住所には、手控えに書いておいた屋号の菓子舗があった。波乃も名は知っている老舗である。

モトを近くの茶店で待たせて、波乃は一人で暖簾《のれん》を潜《くぐ》った。小細工はしないほうがいいと思ったので、応対した若い女に正直に名乗り、イトさんに会いたいと告げた。

「どのようなご用件でしょうか」

相手はにこやかに訊《たず》ねたが、イトがそのお店《たな》の娘であれば当然のことである。しかし落ち着きがあり、奉公人らしからぬ雰囲気が備わっていた。波乃より少し年上の、品は感じられるが、どちらかというと冷ややかともとれる美人である。

「あるお方について、教えていただきたいことがありまして」

通常であれば「お待ちください」と断ってから、取り次いでくれるところだが、相手はそうしなかった。

「どなたについてでしょう」

さらに訊いてきたのである。

波乃は絶句した。自分の甘さ、いい加減さをまざまざと見せ付けられたからだ。

糸は鏡さんなる人物からなんとかイトさんの住まいなどを訊き出すことに成功したが、肝腎の鏡さんの名を知らないままだったのだ。当然、波乃も知らない。その人について教えてもらうなら、知っていなければならないことであった。

波乃は冷静なほうであったが、さすがにこのときばかりは狼狽《ろうばい》してしまった。

「実はイトさんご本人でないと」

「失礼いたしました。申し遅れましたが、イトでございます」

波乃は辛うじて、叫び声を呑《の》みこむことができた。追い討ちを喰ったに等しい。全身から汗が噴き出したと思うほど、波乃は恥ずかしかった。

見た目だけで気付かなければならなかったのに、暖簾を潜った目のまえにいたので、見世の娘だとは思いもしなかったのである。真っ赤になった波乃を見て、イトは笑みを浮かべた。

「店先ではなんですから」

そう言うと土間を奥へと進むので、波乃はそのあとに従った。門前払いを喰わされても仕方のないところだが、そうされなかったのは波乃の取り乱しようが尋常でなかったので、よほどの事情があると思ったからだろう。

中暖簾を潜ってイトのあとを歩きながら、波乃は話してわかってもらえるきっかけを懸命に探した。そして唯一と思われることを思い出したとき、振り返ってイトが言った。

「こちらにおあがりください」

土間を通り抜けた奥に坪庭があって、その先の離れ座敷に波乃は案内された。向きあって坐《すわ》ると、波乃は正直に打ち明けようと決めていた。そのときにはいくらかではあるが、自分を取りもどすことができていたのである。

「実は糸さんとおっしゃる娘さんから相談されまして」

そう切り出した波乃は、人差し指で空中に糸という字をゆっくりと書いた。

「とてもこみ入った話なのですが、糸さんの悩みを解消するためには、こちらの」

相手はそう聞いただけでうなずき、空中にイトと書いた。イトであれば、取り敢えずと糸が当てていた字である。

「イトさんの力を、お借りしなければなりませんの」

わずかに首を傾げたのは、静かに先をうながしたということらしい。

「イトさんやフサさんとごいっしょに手習所に通っていた男の人、何人もいらっしゃるかもしれませんが、最近までしつこく付きあいを求めていた人の名を教えていただきたいのです」

フサの名が切り札になると思っていたが、それほど効果はなかったようだ。イトが躊《ちゅう》躇《ちょ》したのは、初対面の波乃に自分の幼馴染《おさななじみ》の名を教えていいだろうか、との思いがあったからかもしれない。

しかし、そうではないと波乃は気付いた。男の名を知らない糸が、なぜイトやフサの名を知っているのか。考えてみれば、これほど不自然なことはない。

「失礼いたします」

声がして襖が開けられた。上女中が二人のまえに湯呑茶碗と菓子を入れた皿を置き、一礼して辞した。波乃たちが座敷に移ってほどよい間を置いて茶菓子を出したということは、普段から指導が行き届いているということだろう。

「あなたとおなじように、糸さんもその男の人にしつこく付きあいを迫られて、とても迷惑しているのです。わたくしは糸さんに相談されまして、その人に会ってはっきりとお断りしようと思ったのですが、うっかりと名を聞かずに来てしまったものですから。本当にお恥ずかしいかぎりです」

いつもは「あたし」で通している波乃が「わたくし」と言ったのは、自分の迂闊《うかつ》さもあって恥ずかしい思いをしたので、つい身構えてしまったのだろう。

名前を教えてもらいたい理由を言ったのに、イトはなおも黙ったままであった。波乃は自分の浅はかさを思い知らされた。

しつこく交際を迫られたのであれば、糸がその男の名を知らない訳がないではないか。イトがなにも言おうとしないのは当然のことなのだ。

その点を指摘されたら鏡が話し掛けてきたことを話すしかないが、信じてもらえるという自信はなかった。それにしても軽薄だったと、波乃は逃げ出したくなったほどである。

波乃は自分より何歳か年上らしいイトに圧倒されていた。

糸が仮に鏡さんと呼んでいた若者は、糸から聞いただけではあったが、軽薄で魅力に欠けている。落ち着いて理知的な印象のイトであれば、そんな男なら洟《はな》も引っ掛けないにちがいない。

イトの気を引こうとしてフサにちょっかいを出したとのことだが、イトは焼餅を焼くどころか気にもしないだろう。

ゆっくりと茶を飲んで茶碗を盆にもどすと、イトは波乃に目を向けた。

「お教えしてもよろしいのですが、その意味はないと思います」

「どういうことでしょう」

「糸さんとおっしゃる方が、厭な思いをなさることはないでしょうから」

「ですが相当に執拗《しつよう》に掻《か》き口説《くど》くらしく、本人は閉口してわたくしに相談に」

「すると、ご存じではないのですね」

「ご存じもなにも、訳がわかりません」

「その方は亡くなられました」

思ってもいないことを言われ、またもやうろたえてしまった。

「まさか、そんな。……ご冗談を」

「人の生き死にのことで冗談は申しません。先ほど波乃さんがおっしゃったフサと二人で、昨日、葬儀に出て焼香してまいりました」

「えッ、昨日、葬儀にですか」

そんな馬鹿な、と言うのを辛うじて堪《こら》えることができた。

「すると亡くなられたのは」

「三日まえでした」

天を仰ぎたくなった。

三日まえというと、糸が母に連れられて医者の讃悉に診てもらった日である。ところがその翌日、糸は男から鏡を通じてしつこく付きあうように迫られていたのだ。すでに死んでいるはずの男に、である。

波乃は素早く整理した。

四日まえ。糸は男からイトの住まいや屋号を訊き出している。鏡を通じて男と話していることを母に知られてしまったが、独り言だとごまかした。

三日まえ。糸は母に連れられて讃悉の診察を受けた。

二日まえ。糸は男から、イトと縁を切るので自分と付きあってくれと執拗に迫られた。だが突っ撥《ぱ》ねて、十重二十重に包んだ鏡を行李の底に仕舞った。

昨日。思い余った糸はめおと相談屋に波乃を訪れ、悩みを打ち明けた。

今日。糸から住まいを教えてもらった波乃はイトを訪れた。

奇妙な出来事の連続であったが、これほど奇妙なことは考えられない。すでに亡くなった人と、鏡を通じてではあるが、話すことができる訳がないではないか。

起きたことを頭の片隅で整理しながらも、波乃はイトに訊いていた。

「ご病気とか、それとも事故だったのでしょうか」

しばし間があった。話したくないのか、話せないのか。尋常な死に方ではなかったのかもしれない。

「縊死《いし》、でした」

「というと、首縊《くびく》り」

「はい」

「ご免なさい。知らなかったものですから、辛《つら》い話をさせてしまって」

「ただ、詳しいことはわかりません。御番所のほうで調べているそうですので」

「町奉行所が、となると一体どういうことかしら」

「どうしても自分で首を吊ったとは思えないと、ご家族の方が」

「ご家族とすれば当然でしょうね」

「そんな気配といいますか、兆候らしきものは、まるで見られなかったそうです。そして友達も、絶対に自分から死んだはずはない、と。亡くなった日の三日後、というと今日ですね。仲間と飲み会を予定していて、とても楽しみにしていたそうです。そんな人が首を縊りますか」

「考えられませんね」

「ですから、縊死に見せかけてだれかに殺されたのではないかと。金の貸し借りや、友人関係、付きあっていた女の人や、女の人の男関係などを調べているようなのですが」

「もしかして」

「わたしですか？　まさか」と、少し笑ってからイトは真顔になった。「ですからその人の名前をお教えしても、意味がないと思うのです」

さらに粘れば教えてくれたかもしれないが、亡くなったとなればもはや糸に絡むことはない。死んだあとで、鏡を通じて話したと糸の言ったことが腑《ふ》に落ちないが、これに関してもイトに訊けることではないだろう。

波乃はイトに礼を述べ、もしなにかあれば伺うことがあるかもしれないので、その節はよろしく頼みますと付け加えることを忘れなかった。

ささやかなお礼の意味もあって、波乃は将棋会所の客たちのために、菓子を多めに詰めてもらったのである。

五

波乃が黒船町にもどると、気になっていたのだろう、信吾が柴折戸《しおりど》を開けて母屋にやって来た。

「随分と早かったけれど、ということは中途半端じゃなくて、良いか悪いかの両極端、どちらかだろうが、さてどちらかな」

「どちらでしょうね」

「その返辞と声の調子からすると、良いほうだな」

「概《おおむ》ねそうですが」

「気になることがなきにしもあらず、ってことですか。伺いましょう」

沓脱石《くつぬぎいし》からあがってくると、信吾は膝が接するくらい間近に坐った。

「並んで坐りませんか。庭を見ながら話したいわ」

波乃は鏡さんの名前を知らずにイトを訪ねて恥ずかしい思いをしたことなども、正直に話そうと決めていた。失敗を繰り返さないための、自分に対する誡《いまし》めの意味もあったからだ。

だとすると、向きあって坐るのはどうにも恥ずかしい。

今回はたまたまイトが配慮してくれたからよかったものの、普通であればまともに応じてくれなかったはずだ。とすれば手ぶらで帰るしかなく、糸にちゃんと話すことができない。相談屋として失格である。

信吾は自分が相談屋のあるじだけに、波乃が話しやすいような雰囲気を作ってくれた。そして話し終えると、なるほどという顔になった。

「波乃が概ねと言った意味がわかったよ。鏡さんは三日まえに亡くなったのに、その日、糸さんは母親に連れられて讃悉先生に診てもらっている。なぜならまえの夜、鏡と話しているところを母親に知られたからだ。独り言かしらと誤魔化したが、却って変だと思われてしまったんだね。問題は死んだはずの鏡さんと、その次の日の夜、糸さんは話したということだ。そんな馬鹿なことがあるはずがない」

「でしょう。でもあたしには、糸さんが嘘を吐いているとは思えません」

「考えられることは二つある」

波乃は思わず横目で見たが、信吾は前方に目をやったまま考えを纏めているようであった。

「魂魄《こんぱく》この世に留《とど》まりて、恨み晴らさでおくべきか、てのはお岩さんの断末魔の台詞《せりふ》だけど。体は滅んでも、無念の思いはこの世に残って、それを晴らさずにおかないって意味だね」

「やめてください。あたし怪談は苦手なの」

「いや、これを話さないと波乃はすっきりしないと思うから」

信吾はその説明を始めた。

鏡さんはイトに冷たくされたから、たまたま鏡を通じて話せることになった糸に乗り換えようとした。それまでイトにかなりしつこく、糸に変わってもイトだと思いこんで執拗に交際を迫っていたのに、である。

ところが糸と母親の遣り取りを聞いたことで、ようやく別人だとわかった。すると今度は、糸におなじように訴えたのだった。

「言うことを聞いてくれなければ死んでやる、そう言ったのよ」

「ただの脅しだと思うけどね」

「そうかしら」

「だってイトさんに冷たくされたからって、会ったこともない糸さんに乗り換えようとするような尻軽男だよ。亡くなったのは気の毒だけど、死んでこの世に無念を残すような、執念深い男とはとても思えないね」

「すると糸さんは、あたしに嘘を吐いたのかしら」

「それは考えられない。なぜなら気が滅入《めい》るようなことが続いて、思い余って波乃に相談に来たのだから」

「だけどまえの日に亡くなった人と、話せる訳がないでしょう。信吾さんは鏡にはふしぎな力が備わっていると言ったけれど、まさか鏡が糸さんに」

「それもないと言っていいだろう。イトさんの鏡だからね。鏡さんの鏡だとしても、もともと神秘的な鏡が、そんな俗っぽいことに関わるとは思えない」

波乃が「くすッ」と笑ったのは、信吾がおもしろがって鏡という言葉を並べたと思ったからだろうか。

「糸さんはどちらかというと、大らかな人ではないのだろ」

「むしろ線の細い、細かなことにもよく気の付く人でした」

「しかも一人娘で大事に育てられている」

「そうだと思います」

「少しまえになるのだけれど、源庵先生と母が話していたのを思い出したよ。そのときには、とても本当とは思えなかったが、もしかするとそれかもしれないね」

源庵は信吾の生家である会席、即席料理の宮戸屋の、掛かり付けの医者である。

働き始めて一年にもならない奉公女の具合が悪くなって、源庵に診てもらったことがあった。

田舎でのんびりとすごしていたのに、江戸でも繁華な浅草で働くことになったのである。客の出入りも激しければ奉公人も多い料理屋ということもあって、次第に歪《ひずみ》が出始めたらしかった。

想像力が人並み外れて豊かな娘だったので、一度《ひとたび》そうなると歪に拍車が掛かったらしい。あれこれと思い浮かべることと、現実の出来事の区別が付けられなくなってしまったのである。

事情のわかっている奉公人同士のあいだではなんとかなっても、客が相手となるとそうはいかない。

女将《おかみ》の繁《しげ》はなるべく気に留め、注意もすれば至らぬところを補いもしたが限度があった。そして源庵に診てもらったのだが、仕事や対人関係などを顧慮すると、悪くはなっても良くなるとは考えにくいとのことである。

あるじの正右衛門や大女将の咲江とも話しあったが、結局は親許に引き取ってもらうしかなかった。

源庵の話では自分で話を作って、実際に自分が体験したことと、頭の中で考えた話の区別が付かなくなる人がいるとのことだ。

「鏡を通じて鏡さんと話しているところを母親に知られた糸さんは、その場をなんとか誤魔化したけれど、それまでに相当追い詰められていた。鏡さんはイトさんだと思っているから、糸さんに執拗に付きあうように迫っていたんだよ。ああ、ややこしい」

信吾は波乃が糸に話したのとおなじことを言って、自分でもおかしかったのか思わず笑った。

「だけど、波乃はわかるね」

「辛うじて」

「頼りないなあ」と言ってから、信吾は真顔になった。「糸さんは線の細い、ちょっとしたことにもよく気の付く人で、しかも一人娘として大切に育てられている。鏡と話している所を母親に押さえられてしまったけれど、その場はなんとか取り繕った。ところが母親は気が触れたと思いこんで、讃悉先生のもとに連れて行ったんだ。糸さんの気持を考えてご覧よ。母親にはおかしくなったと思われているし、鏡さんには執拗に付きあいを迫られているんだ」

糸が母親に医者の讃悉の所に連れて行かれた日に、鏡さんなる男は死んでいたが、糸はそんなことは知らない。だからこれからも、鏡さんが話し掛けてくると思いこんでいる。

意識が朦朧《もうろう》とした糸は、妄想に苛《さいな》まれたにちがいない。妄想なのか現実なのかわからないで、糸は鏡さんと話し、付きあってくれないなら死んでやるからと言われたと、思いこんでしまったのではないだろうか。

「だからどうにも耐えられなくなって、鏡を十重二十重に包んで行李の底に隠してしまった。しかし一睡もできずに朝を迎え、波乃に助けを求めたと思うんだ。波乃は糸さんに、男を説得してやめさせる、御番所のお役人に知りあいがいる、と言ったね」

「よくなかったかしら」

「いや、糸さんは安心したと思う。町の人は町方が怖くてたまらない一方で、頼もしくも思っているんだ。波乃にそう言われて、糸さんは安心したはずだよ」

「それなのに鏡さんが話し掛けて来たら、それこそ糸さんは気が触れてしまうのではないかしら」

「死んだ人から話し掛けてくるはずが、ないじゃないか」

「でも糸さんは、鏡さんが亡くなったことを知らないのよ」

「だからなるべく早く、糸さんに会って安心させてあげることだね」

「鏡さんは亡くなったから、もう、話し掛けてくることはないってですね」

「だめ。死んだなんて言ったら、糸さんは本当に気が変になってしまうよ」

「だって」

「いいかい、糸さんは、付きあってくれないなら死んでやるって、相手に言われてるんだよ。もっとも思いこみではあるけどね」

波乃は「あッ」とちいさな叫び声をあげて、両手で口を塞いでしまった。そして真《ま》っ蒼《さお》な顔になってつぶやいた。

「どうぞ、ご勝手にって言っちゃったんだ、糸さん。死ぬ死ぬと言って死んだ人はいませんからって」

「自分が撥ね付けたから、あの人は本当に死んでしまったんだと思ってしまう。線の細い人だから、自分を責め続けるだろうね」

「だったら、あたしはどうすればいいの」

「胸を張り、できるかぎりの笑顔を作って、こう言うといい。ね、あれでピタッと話し掛けて来なくなったでしょう」

「それがね、しつこいったらありゃしないって言われたら。思いこみと現実の区別が付かない状態が、続いているとしてだけど」

「そのときこそ、伝家の宝刀を抜くんだよ」

「伝家の宝刀ですって」

「御番所のお役人に、知りあいがいると言ったんだろ」

「そうか。だったら町方の同心の旦那か、岡っ引の親分に動いてもらいましょう。だから糸さんは、もう心配しなくていいですよと、奥の手を使うのね」

「やっとわかってもらえたね。付きあってくれなかったら死んでやると言ったのは、混乱してしまった糸さんの頭が生み出した妄想だと思う。そんな厭な思いは、本人だって取り除きたくてたまらない。一刻も早く忘れてしまいたいんだ。だから、そのきっかけを与えてあげればいいいんだよ」

「ああ、あー」

「どうしたのですか、波乃先生。艶《なま》めかしい声を出したりして」

「からかわないでください。しみじみと、自分の未熟さに気付いたところなんですから」

「今の波乃がやるべきことは、少しでも早く糸さんに会って安心させてあげることだ。お客さまの不安、悩み、迷いを取り除くのが、めおと相談屋が真っ先にやらねばならないことだからね。善は急げという。明日の朝ご飯が終わったら、モトを供に糸さんのところに行ってくださいね、女先生」

「明日の朝いちばんに、モトを連れて糸さんの所に行ってまいりますと、あたしから言わねばならなかったのですね」

六

モトを近くの茶屋で待たせた波乃が糸問屋に向かって歩いて行くと、暖簾を潜《くぐ》って娘が飛び出して来た。波乃の両手を取ったのは糸であった。

先日とは別人のような明るい笑顔を見て、波乃は若い娘の悩みが払拭されたのがわかり安堵《あんど》した。

糸の生家は本石町《ほんごくちょう》二丁目にある、見世売りもしている糸物問屋で、絹や木綿、麻など各種の糸だけでなく、組紐《くみひも》や刀の下緒《さげお》なども扱っていた。

波乃の手を握ったまま土間に入った糸は、奥に向かって「お母さま」と母を呼んだ。

「そんなおおきな声を出すと、お客さまに笑われますよ」と言いながら出て来た女を見て、波乃は驚きを辛うじて顔に出さずにすんだ。糸は十五、六歳だと思うが、女が五十歳くらいに見えたからである。母ではなく祖母と言ったほうがいいだろう。

「お話しした波乃お姉さまよ」

「どうも申し訳ございません、波乃さま。なにしろ一人娘の寂しがりやでして、以前から姉が欲しいと申しておりまして。それより、こんなところではなんですので」

そのように断って、波乃は奥まった十二畳の座敷に案内された。

「此度は本当にお世話になりました。お蔭で娘はすっかりよくなりまして、なんとお礼申してよろしいのやら。おかしいとは思っていたのですが、事情が事情でしたので、娘も打ち明けられなかったのでございますよ」

糸が母親の袖を焦《じ》れったそうに引いた。波乃と話したいと催促していると思ったのか、わかってますよとでも言いたげに母親はうなずいた。

「お茶も出さずに失礼いたしました。すぐに淹《い》れますので、ごゆっくりなさってください」

「どうかお構いなく」

一礼して母親は部屋を出た。

「糸屋の糸さんだと、名前を覚えてもらいやすいですね」

波乃がそう言うと、糸はわずかなためらいのあとで言った。

「父が四十をすぎて、母が三十代の半ばでしたから、諦めて養子を取ろうかと相談していたら、あたしを身籠ったんだそうです。あとは望めそうにないから、糸屋の一人娘で婿養子を取るしかない。であれば思い切って、名前は糸にしようって」

母親が老けているのがやはり気になっていたのだろう、糸は素早く、しかも簡潔に説明した。これまでにも、何度も人に話したことがあったのかもしれない。

「鏡はどうなさったの。あのときは、明日にも処分すると言ったのでしょう、鏡さんに」

「そう言わないと、また話し掛けられると思ったからです。でも、朝、起きて顔を洗ったら、鏡を見ないではすまないですもの」

「化粧はともかく、そのままの顔を人に見せる訳にいきませんものね」

「それに鏡ってとても高いでしょう。捨てるなんてできません。だから鏡さんを騙《だま》してやったの。だって、それまで散々厭な思いをさせられたんですもの」

「お化粧をしていて、鏡が話し掛けてくるとは思いませんでしたか」

「思いました。でも、一切無視しようと決めたの。それでも話し止めなかったら、ぐるぐる巻きにして行李の底って決めてたんです」

「すると、あれから一度も話してこなかったのですね」

「波乃姉さんが断ってくれたんでしょう」

「あたしが意味のないことをするのはやめるようにと言ったのは、昨日ですよ。なるべく早くとは思いましたけどね」

曖昧な言い方をしたが、昼食を終えてだからイトを訪ねたのは八ツ（二時）すぎであった。しかもその男には会ってもいない、というより亡くなっていたので会える訳がないのだ。

「ねえねえ、なんて言ったの。昨日と今日、鏡はなにも言わないわ。よほど懲りたのね」

なにも知らない糸が無邪気に訊いたとき、波乃は天啓のごとき閃きを得た。

「めおと相談屋の片棒ですよ、あたしは。取って置きの手を使いました」

「教えてください、波乃姉さん」

「でも、それを知ったら、いくらお淑《しと》やかな糸さんでも、怒らずにいられないと思います」

「怒りませんよ、大恩人の波乃姉さんですもの」

「きっと、ね」

「はい、きっと」

「そうは言っても、怒らずにいられないと思うな」

「ですからぁ」

さすがにそれ以上焦らすのは逆効果だと思ったので、波乃はおもむろに言った。

「あたしはその男に、ある人を知ってるかどうか訊いたの」

「だれをですか」

「オカメとヒョットコ」

「オカメとヒョットコなら、だれだって知ってるでしょ。といってもお面で、本人に会った人はいないと思うけど」

「その男の人も知っていました。だから、あたしは言ってやったんです。糸さんって鈴を振るようなきれいな、可愛らしい声をしてるでしょ。あなただから打ち明けますけど、顔はそうじゃないんです。オカメとヒョットコの悪いところばかりを取り出して、突きあわせた、そんな顔をしてるんですよって。初めて見た人はだれだって噴き出さずにはいられないし、赤ちゃんは泣き喚いて、かならず引きつけを起こします。声を聞いて惚《ほ》れこんでしまったのでしょうが、一度顔をご覧なさいって」

糸はキョトンとなったがそれは一瞬で、噴き出してしまった。それだけでなく体を投げ出して、畳を叩《たた》きながら体を捻《ねじ》らせて笑い転げた。

「まあ、この子ったらはしたない。波乃さんに笑われますよ」

「その波乃姉さんが、あたしを笑わせたの」

やっとそれだけ言って、糸は畳の上で、のた打ち廻ったのである。

「呆れた子だねえ」と言いながら、母親は波乃を見た。「なにをなさったの、波乃さん」

「すみません。まさか、こんなになるとは思ってもいませんでしたので」

「責めてる訳ではありません。この子がこれほど笑い崩れたことはありませんでしたから、どんな手妻を遣ったのかと思いましてね」

「あーあ、おかしかった」

見れば糸は手巾《しゅきん》で涙を拭いている。笑い崩れたと母親が言ったのは、決して大袈裟《おおげさ》ではなかったのだ。

「お茶をお持ちしましたが、冷めてしまうまえに召しあがれ」

「ありがとうございます」

「あ、それから」と言って、母親は懐から紙包みを取り出すと波乃に手渡した。「娘から聞きましたが相談料でございます。いかほどお包みすればいいのかわからなかったものですから、ほんの気持だけですが」

茶を淹れると言ったのは、謝礼を用意するための口実だったのだろう。

「畏れ入ります」

受け取った波乃は額のまえに掲げると、頭をさげてから懐に仕舞った。

「あれほど悄気返《しょげかえ》っていた糸を、ここまで元気にしていただいたのですから。少ないかもしれませんが」

「いえ。わたしとしましては、糸さんが元気を取りもどしてくれたことが、なによりの喜びです」

「ねえ、お母さま。ときどきですけど、波乃姉さんのところに遊びに行ってもいいですか。ね、いいでしょう。お願い、いいと言って」

「そりゃ、かまいませんが、波乃さんにご迷惑が」

「いえ、迷惑なんて。その代わり守っていただきたいことがあります」

「なんでしょう」

「おフジさんでしたか、お供の人といっしょに来てくださいね。若い娘さんですから、お一人だと」

「でしたら、男の供を付けましょう」

「将棋の好きな人だといいのですが。主人が将棋会所もやってますので、退屈しないで待っていただけると思います」

　ということで、波乃は鏡さんのことに付いて話さずにすんだのである。

「これは糸さんにとって、特別な鏡となりましたね。日々、手に取るものですから、大切に扱ってくださいよ」

　波乃は信吾から聞いたばかりの、井戸の古鏡や、孫娘の命を救った祖母の手鏡の話をした。糸は何度もうなずいたが、感銘を受けたのだろう、目には薄《う》っすらと涙が浮いていたのである。よほど感じやすい娘のようだ。

　そして帰るとき、波乃は母親に何度も礼を言われた上、緻密に組みあげた色鮮やかな組紐を何本も土産にもらったのであった。

「あら、よく糸さんだとわかりましたね」
特別に許すけどね」
「それは冗談として、相談もせずに勝手に妹を作らないでおくれ。もっとも糸さんなら、
にそれだけのお話をでっちあげられるのだもの」
「ま、呆れた。だけど、信吾さんはすごい。あたしに妹ができたと言っただけで、直ち
っては腹違いの妹だった、てんだろ」
いて、すでに十五年以上も二重生活を送っていた。その娘さんは、花江さんと波乃にと
と申しております、と涙ながらに訴えた。事情を訊くとなんと善次郎さんには隠し女が
「母が明日をも知れぬ病を患いまして、死ぬまえに今一度、善次郎さんのお顔を見たい
楽器、太鼓や鼓などの打楽器を扱う、老舗の楽器商である。
　春秋堂は波乃の両親が営む、篠笛《しのぶえ》や尺八などの管楽器、三味線や胡弓《こきゅう》という絃《いと》と弦《つる》の
と信吾は話し始めた。
「ある日、若い娘さんが春秋堂にやって来たんだろ」
「えッ、父がどうかしましたか」
「善次郎さんはそんな人には見えないけど、人ってわからないものだなあ」
　その夜の食事を終えて、八畳の表座敷で茶を喫しながら波乃が言った。
「信吾さん、あたしね、妹ができちゃいました」

「ようすを見に行ったら、すっかりよくなって感謝されたんだろ。一人娘で、悩みがすっかり消え去れば感謝されるし、こんなお姉さんがいてくれたらいいな、となるのは自然の流れだよ。ほかにだれがいますか」

「これがあるから続けられるのですね、相談屋を。訪ねて来たときの糸さんの打《う》ち萎《しお》れた姿と、今日の別人のような明るさ。あれを見たら、ああ、自分にもなにかができたのだ。人のために役に立てたのだと、しみじみと感じられましたから」

「それがなければ、これほどしんどい仕事はないと思う」

「だけどあたしは、相談屋より人を笑わせるほうが向いているのかもしれない」

「どうして、そう思うんだい」

糸が笑い転げて涙を流しさえした顚末《てんまつ》の一部始終を、波乃は信吾に話した。聞き終えた信吾はまじめな顔で言った。

「それはおなじじゃないかな。相談屋の仕事は悩みをなくしてあげることだけど、笑顔を取りもどすことでもあるからね。時間を掛けてやるか、短い時間でやるかだけのちがいだと思うな。人を笑わせることこそ、相談屋の仕事だと言っても過言ではない。となると波乃は天性の相談屋、相談屋の女房になるべくして生まれて来た女、ということになる」

「すぐに自分に都合のいいほうに、話を持って行くんだから。だけど、本当によかった。

糸さんに喜ばれただけでなく、お母さまからもとても感謝されましてね。相談料としてお礼をいただきました」

そう言って波乃は懐から紙包みを取り出して、信吾のまえに畳の上を滑らせた。

「中を見てないのかい」

「子供たちが手造りの袋に貯《た》めた相談料は、預かったことがありますけど、紙に包まれたお金は初めてもらったからなんだか怖くて。信吾さん、代わりに見てくださいな」

「では、拝見」と言って信吾は包みを開き、金を数えた。「すごい、十両も入ってる」

「そんなに戴《いただ》いていいのかしら」

「お母さん、よほどうれしかったんだな。むりもないけどね。三十半ばになってやっと授かった一人娘、それも気が触れたみたいになったのを、元気にしてもらったのだから」

「だけど何度も失敗を繰り返したから、綱渡りの連続でした。昨日、話しましたけど、ある人のことを教えてもらいに行きながら、その人の名前を知らなかったんですもの。よく追っ払われなかったものだわ」

「負けて覚える角力《すもう》かな、という言い廻しもあるからね。失敗するとあれこれ考えさせられるし、次は失敗しないようにと慎重になる。だから失敗もいい、繰り返しさえしなければね」

「今回の鏡絡みでは、自分の考えの甘さと浅はかさを、厭というほど思い知らされました」

「波乃はいい相談屋になれるよ。やったやった、十両もらっちゃったなんて言わずに、ちゃんと反省してるからね。だからまだまだ伸びるはずだ」

「おだて上手な旦那さまの、その言葉を信じることにしましょう」

塀の上を猫が鳴きながら通りすぎた。まるで、馬鹿らしくて聞いてられないよ、とでも言いたげに。

解説

西上心太

早いもので野口卓の人気シリーズ〈よろず相談屋繁盛記〉〈めおと相談屋奮闘記〉も本書で九作目になった。シリーズ名が二つあるのは他でもない、主人公の信吾が途中で所帯を持ったからだ。すなわち『なんてやつだ』『まさかまさか』『そりゃないよ』『やってみなきゃ』『あっけらかん』までの五作が〈よろず相談屋繁盛記〉である。『やってみなきゃ』で登場した波乃と『あっけらかん』で結婚した信吾が相談屋の看板を書き替え、夫婦二人による相談屋に改めた。そのため『なんて嫁だ』以降のシリーズ名は〈めおと相談屋奮闘記〉となり、『次から次へと』『友の友は友だ』、そして本書『寝乱れ姿』と続いているのだ。

二十一歳になる信吾がこの物語の主人公。浅草東仲町にある評判の料理屋「宮戸屋」の長男として、父の正右衛門、母の繁の間に生を受けた。落語の「崇徳院」ではないが、彼をひと目見た若い娘がぽーっとなってしまったというのだから、なかなかいい男であるようだ。信吾は三歳の時に大きな病気に罹《かか》ってしまう。ひどいひきつけと高熱が続き生死の境を彷徨《さまよ》ったのだ。幸いにも三日後に容体は好転し奇跡的な回復をとげた。だがそれ以来、すっぽり記憶が抜けてしまうことがときおり起きるようになる。その代わりに信吾は、人間以外の生き物たちが語りかける「声」を聞くことができるようになった。

大病を経験し特殊な能力を得た信吾は、自分が果たすべき役割があるのではないかと考えるようになり、人生を他人のために生かそうと決意する。長じた信吾はその決意を表明し、両親をはじめ親類縁者の反対を押し切り、料理屋の跡取りという立場を投げ打って、浅草黒船町に将棋会所「駒形」と「よろず相談屋」を開くに至ったのだ。信吾二十歳の時であった。

なんだか懐かしいなあ。

それがこのシリーズになじむに連れて、わき上がってきた思いである。後述するが、シリーズが進むに従い、信吾の人となりがより鮮明になっていく。そして彼を取り巻く人々――両親、祖母、将棋会所に集う客たち、年若い信吾に悩みを打ち明ける相談者たち――の人間性も同じように深く刻まれて、確固としたキャラクターとして立ち上がってくるのだ。一冊読み終えるとすぐに彼らに会いたくなる。次の作品が待ち遠しくてたまらない。

そうか、これは昔テレビで見た良質のホームドラマと同じではないか。

かつて、親子三世代が茶の間で一緒になって楽しめるテレビドラマがたくさんあった。「ありがとう」、「時間ですよ」、「寺内貫太郎一家」……。例に挙げたドラマが古すぎて申し訳ないが、病院、銭湯、石材店など商売こそ違えど、いずれも家族とそれを取り巻く人々との関わりを描いたドラマである。当時子供であった筆者は、テレビを介して役者が演じるドラマを見ているのではなく、その世界に入りこんで、彼らの言動と喜怒哀楽に寄り添っていたような記憶がある。たぶん大人の視聴者も同じことを感じていたのではないだろうか。

本シリーズもそれと同じように、活字を追っているうちに信吾や妻の波乃と同じ江戸の空気を吸い、彼らの一挙手一投足をすぐ側で見ている自分に気づくのである。こんな気分にさせられる小説のシリーズは稀《まれ》である。

この稀有《けう》なシリーズの第一の魅力は、信吾の人となりにあるだろう。七歳の時に近くの菩提寺を一人で訪れた信吾は、棒術の稽古をしていた住職の巌哲和尚に「(大病から)元気になれたのは、きっと世の人たちのために役立つよう、生かされているのだと思います」(『なんてやつだ』所収「人は見掛けに」)と話しかけたものだから、和尚ならずとも驚かされる。この時の思いを変えることなく信吾は成長し、相談屋開設へと至るのだ。

それから二年後。体力のついた九歳の時から信吾は和尚に師事し、護身のために棒術をはじめとする武術を習い始める。中でもヌンチャクに似た鎖双棍《くさりそうこん》に習熟し、外出の折りには常に懐に忍ばせている。将棋会所に来たごろつきを素手であしらい、その活躍を描いたかわら版まで出る騒ぎにもなってしまう（『やってみなきゃ』所収「二転三転その先は」）。

とはいえ信吾は生真面目で堅いだけの人間ではない。真顔で駄洒落《だじゃれ》や冗談を言って人を驚かすひょうきんな一面もある。また裏表なく誰にも公平に接することも見習いたい美点である。そのような性格なので、策を弄じることなく人の懐に飛び込むことができるのだ。そのため、「マムシ」という異名で嫌われていた岡っ引きの権六にもすっかり気に入られてしまう。それがきっかけで権六は地元民からも一目置かれるようになり、大手柄まで立てるようになるのだ（『なんてやつだ』所収「あれも人の子」）。

このように信吾のキャラクターによって、信吾を囲むキャラクターたちも輝くことになるのだ。信吾はもちろん、脇役たちの成長を見守る楽しみが大きいことが第二の魅力であろう。

「駒形」での下働きのために、「宮戸屋」から信吾に付けられた小僧の常吉がよい例だ。最初は食べ物のことしか頭にない、まったく気の利かない小僧だったが、あることから会所の仕事を懸命に務めるようになっていく。常吉が変身する大きなきっかけとなったのが、大川を渡って本所から祖父と共に「駒形」に通う十歳の少女ハツだ。ハツの対局する姿を見て、常吉は信吾から将棋を習うようになり、それが常吉によい影響を与えることになったのだ。一方のハツは大人の実力者にも遜色ない棋力の持ち主で、信吾にほのかな思いを寄せている。波乃の登場にショックを受けるが、それを克服し将棋を続ける道を選ぶ（『あっけらかん』所収「破鍋《われなべ》に綴蓋《とじぶた》」）。この十代の二人の行く末にも目を離せない。

そして信吾の妻となった波乃を忘れてはならない。彼女については作品を読んでいただいた方がいいだろう。大らかで伸びやかで、まさに信吾と結ばれるべく生まれてきた女性なのだ。彼女の人となりをたっぷりと味わえるのが〈めおと相談屋奮闘記〉の最大の読みどころなのかもしれない。

そして第三の魅力が、シリーズものを飽きさせず読ませる作者の工夫である。長尺のシリーズになると途中から読む読者にとって敷居が高くなりがちだ。だがご安心を。作者は以前の巻で描かれたエピソードを後の作品の中に溶け込ませ、発展させる工夫が実に巧みなのである。そのため最初から読んでいる読者はああそんなことがあったと記憶を新たにできるし、途中の巻から手に取った読者もシリーズの流れや雰囲気を自然に会得できるのである。手練の技といえるだろう。

本書巻頭の「さかとら」は『次から次へと』所収の「女房喰《ぐ》い顚末《てんまつ》」とつながる話で、

婚姻を利用した悪巧みの新たなやり口がテーマとなる。ひょっとして自分が相談者に悪い知恵を付けてしまったのではないかと信吾は悩むのだ。「将棋はやればやるほど奥が深い」が「相談事も客の事情がすべて異なるので、ちがった意味で奥が深」いことを信吾は改めて認識する。現代の特殊詐欺を念頭に置いた作品なのかもしれない。

「信吾二人」は信吾の武術の師であり、名付け親でもある巌哲和尚の過去に言及される。なぜ商人の倅《せがれ》らしからぬ「信吾」という名を彼に付けたのか、また挨拶に訪れたおり（『そりゃないよ』所収「常に初心に」）、互いににらめっこをした波乃と、心から打ち解ける和尚の姿など、信吾を加えた三人の交流が描かれる、ほろりとさせられる一編である。

「幸せの順番」は、徳次という会所の客の悩みを知った信吾が積極的に関わる話だ。いくつかの偶然が重なった結果、徳次は幼なじみの女とおよそ十年ぶりに再会する。憎からず思っていた互いの感情が大人になってから再燃し、それが徳次を苦しめるのだ。信吾は有効な手立てを講じられたわけではないのだが、信吾と話したことで徳次は心の天秤の釣りあいをとることができ、それがある奇跡を呼び起こすのだ。辛い生いたちを経てきた二人の幸せを祈らずにはいられない気持ちになる。

「寝乱れ姿」はこのシリーズには珍しく、将棋会所の常連たちによる艶話が展開される異色編だ。ときおりこのような一編が挿入されるのも、緩急を心得た作者の手腕であろう。

信吾が犬になってしまった幇間《ほうかん》の相談に乗る（『まさかまさか』所収「鬼の目にも」）という、落語「元犬」の反対のようなエピソードがあったが、「女先生冷汗」で描かれるのは、男が鏡の中から女に話しかけるという怪異で、波乃が単独で相談を受ける物語でもある。タイトル通り、波乃は冷や汗をかきながらも、相談者の笑顔を取り戻すことに成功する。悩みをなくしてあげるからこそ、人は笑顔を浮かべることができるのだ。

本書を読み終えた読者は、信吾と波乃が生き生きと暮らす世界に憧憬を抱き、笑顔を浮かべているはずだ。そして早く次が読みたいという抑えがたい気持ちもきっと抱くに違いない。読者を幸せな気持ちにする出色のシリーズが、いつまでも続くことを願いたい。

（にしがみ・しんた　文芸評論家）

本書は、集英社文庫のために書き下ろされた作品です。

本文デザイン／亀谷哲也［PRESTO］

イラストレーション／中川 学

集英社文庫
野口卓の本

なんてやつだ
よろず相談屋繁盛記

不思議な能力をもつ青年・信吾。家業を弟に譲り独立し、相談屋を開業するが。痛快爽快、青春時代小説、全てはここから始まった！（解説／細谷正充）

集英社文庫

寝《ね》乱《みだ》れ姿《すがた》 めおと相談《そうだん》屋《や》奮闘《ふんとう》記《き》

2021年5月25日 第1刷 定価はカバーに表示してあります。

著 者 野口《のぐち》 卓《たく》

発行者 徳永 真

発行所 株式会社 集英社
東京都千代田区一ツ橋2-5-10 〒101-8050
電話 【編集部】03-3230-6095
【読者係】03-3230-6080
【販売部】03-3230-6393(書店専用)

印 刷 図書印刷株式会社

製 本 図書印刷株式会社

フォーマットデザイン アリヤマデザインストア マークデザイン 居山浩二

ISBN978-4-08-744251-9 C0193